CHARACTER FILE

Misfortune † Seven

朱諾

Age 24

PROFILE

稱號：獄蠍/針蠍
樣貌：美豔的男性，塗著深紅色的指甲油，右耳上掛著一隻蠍子形狀的耳環。

「要玩個遊戲嗎？你只能選擇玩，或安眠。」

性格

賽勒的雙胞胎兄弟，但個性和賽勒相反。非常的喜怒無常，剛烈又任性，自我中心。

CHARACTER FILE

Misfortune † Seven

賽勒

Age 24

PROFILE

稱號：冥蠍/針蠍

樣貌：深紅色短髮，英挺俊秀，
打扮整齊正式

「要玩個遊戲嗎？我會給你一次逃跑機會，只有一次。」

性格

朱諾的雙胞胎兄弟，城府深，相較之下穩重許多，喜怒不形於色。

CHARACTER FILE

Misfortune † Seven

蘿絲瑪麗

Age ?

PROFILE

稱號：暹貓女巫
樣貌：銀藍色的長髮，年邁卻美麗，
打扮低調華麗

「很遺憾的，男巫永遠不如女巫般有擔當。」

性格

榭汀的祖母，冷漠沉穩，對待外人及孫子都相當尖酸冷淡，但是很喜歡逗柯羅和丹鹿。

CHARACTER FILE

Misfortune † Seven

暹因

PROFILE

Age ？

稱號：蘿絲瑪麗的使魔
樣貌：平常幾乎維持黑色大豹的模樣，偶爾會化為黑短髮黑衣的俊美男人。

「女巫永遠都是使魔的母親、摯友、姊妹及情人。」

性格

對蘿絲瑪麗相當迷戀與忠誠，像貓一樣個性反覆，喜歡亂吃麻雀或老鼠。

GOBOOKS
& SITAK
GROUP©

GOBOOKS & SITAK GROUP ©

三日月書版

三日月書版

輕世代 FW305
5
著 碰碰俺爺
畫 woonak
MISFORTUNE † SEVEN
夜鴉事典
縛網之獅
三日月書版

夜鴉事典
Misfortune † Seven

CONTENTS

CHAPTER 1 狼蛛男巫 009

CHAPTER 2 新組合 035

CHAPTER 3 神秘之旅 059

CHAPTER 4 惡作劇 083

CHAPTER 5 哭嚎山峰 109

CHAPTER 6 紀念品 131

CHAPTER 7 誘餌 155

CHAPTER 8 亞拉妮克 177

CHAPTER 9 提議 201

CHAPTER 10 開庭通知 227

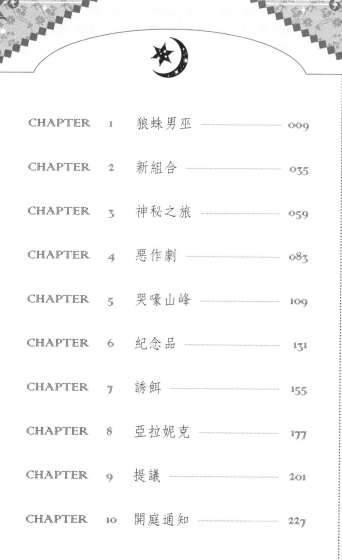

CHAPTER 1

狼蛛男巫

蜘蛛爬行的聲音就像一堆人聚在一起細語，有些人很怕，男巫絲蘭倒是挺喜歡那種聲音的，那令他安心。

紫色短髮、穿著一身正式男巫西裝的男孩正抱著一瓶紅酒、一束黃玫瑰，獨自站在一座無名的小墓園中。地上，有著淺紫色大肚子和八隻細腳的蜘蛛們窸窸窣窣地爬著，從草地和泥土之間往他的腳上爬，一路爬上他的肩、他的臉。

他讓牠們一隻接一隻地鑽進他耳裡，並且和他耳語。

「教士丹鹿中蠍毒，蘿絲瑪麗，治療。」

「異端裁判庭，林區，準備定罪。」

每隻蜘蛛的聲音都不一樣，有的尖細如童，有的低沉如牛。絲蘭喜歡聽他的寶貝孩子們說話，牠們總能為他帶來很多資訊，然而今天的他顯然有點心不在焉。

絲蘭盯著墓園裡的墓，墓碑上雕著一隻黑色山羊，山羊被塵土覆蓋成了灰色，而墓碑旁的野草生長得相當茂盛，看上去已經好一段時間沒整理了。

將手中的黃玫瑰放在墓碑旁，絲蘭動手拂去山羊雕像上的塵土，一團攀附在他身上的蜘蛛群散開來，爬進野草堆，原本茂密的野草開始腐爛萎縮。

絲蘭打開紅酒，將酒灑在墓碑上，酒沿著上頭的溝壑滲進刻在上頭的名字——丹德莉恩。

看著墓碑上的名字，絲蘭面帶困惑，喃喃自語地詢問：「為了一個教士，值得嗎？」

不顧絲蘭的分心，蜘蛛們持續為他帶來一些消息。

「男巫，扮成教士，寂眠谷，施行巫術。」

「柯羅，再次召喚使魔。」

提到柯羅的使魔時，絲蘭仔細地聽著，但那隻蜘蛛沒再帶來更多的線索。

另外一隻蜘蛛爬了上來，懸掛在他耳垂上小心翼翼地道：「約書，挪用經費，迪士尼。」

絲蘭皺眉，立刻伸出手指將那隻蜘蛛彈飛。別誤會，絲蘭疼愛他的孩子，他的孩子通常很聰明，大部分帶來的都是有用的消息，但一個群體裡總會有一兩隻腦袋兩光又欠揍的孩子。

那隻被彈出去的蜘蛛發出「啊啊啊」的叫聲，隨後又攀著牽連在絲蘭耳垂上的蜘蛛絲不屈不撓地爬了回來。

絲蘭搖了搖頭，放下紅酒瓶，決定再給他的孩子一次機會，聽聽看牠想說什麼。

「卡麥兒，遮住眼睛，害怕。」

「她怎麼了？」絲蘭又問。

「遮住眼睛，害怕。」蜘蛛又回答。

絲蘭皺著眉頭，他再次望向眼前的墓碑，乾脆把整瓶酒留了下來。

「很好，我的好孩子們……」絲蘭終於給予了蜘蛛們應得的讚賞，「現在織起你們的網，收下你們的謝禮。」

紫色的蜘蛛們站了起來，瞬間從絲蘭的身上散落，像噴發的孢子，在角落織起了一片巨大的網。

絲蘭從口袋了掏出了兩隻金絲雀，並將牠們拋飛出去。金絲雀們撲騰著翅膀，像喝醉了似的，歪歪斜斜地撞進了蜘蛛網內，並且黏在上頭。

蜘蛛們一湧而上。

原本用烏鴉或許更好，但烏鴉們太聰明了，不好捕捉。絲蘭看著被蜘蛛們包圍的金絲雀，他踏了踏腳，在轉身瞬間，短髮的男孩變成了長紫髮的體面紳士。

紫髮男人拄著他憑空出現的手杖，邁開步伐，推開這座無名墓園的鐵柵欄大門。

當他踏出墓園的一瞬間，他用手杖叩了叩草地上的石階，墓園外的景色隨即轉變，他後腳還在草地上，前腳已經踏到了大理石地板上。

絲蘭回到了自己位於黑萊塔的辦公室。

狼蛛男巫的辦公室看上去無邊無際，分不清上與下的差別，絲蘭就像走在布滿銀河的宇宙裡，一下像走在天花板上，一下又像走在地板上。

他辦公室裡的物品以蜘蛛網紋的型態堆疊著，若有任何人隨意闖入，八成都會迷失在這堆混亂中。

絲蘭沒事般地繼續向前走著，他的正前方，有束小小的燈光在這一團混亂後方亮著。他用手杖輕輕推開了一圈飄浮在空中的茶壺後，辦公室內唯一整齊明亮的地方露了出來。

一張白色辦公桌立在角落，陽光從辦公室裡唯一的天窗灑落，讓辦公桌上排列地整整齊齊的小盆栽得以行光合作用，而一臺小小的電暖氣在桌邊嗡嗡嗡地響著，看起來溫馨得不得了，在這個混亂的辦公室內有種突兀感。

絲蘭看向坐在辦公桌前的人，穿著教士袍、淺亞麻色短髮的女孩正面對著她的辦公桌，雙手摀在雙眼上不動。

這傢伙到底在做什麼？

絲蘭敲了敲手杖，一張椅子迅速地移動到女孩的辦公桌前，他不疾不徐地走過去坐了下來。

半晌，他才雙手抱胸質問：「妳在做什麼？麥子。」

「絲蘭先生！你回來啦！」卡麥兒從指縫間露出了一隻眼睛，一臉開心，但依然沒有要把手放下來的意思。

絲蘭皺眉，他低頭看了眼卡麥兒的桌面，一份翻了一半的文件放在上頭，上面標示著——哭嚎山峰。

「妳要解釋一下妳在做什麼了嗎？」絲蘭其實大概猜到了八成，但他沒有說破，而是動了動手指，讓桌上的文件自動挪移到他面前。他手指一挑，文件在他面前自動翻起頁來。

「有新案件來了，在我們去調查前，我必須先盡我的義務做好功課。」卡麥兒說。

「遮著眼睛能做功課？我第一次聽說。」絲蘭的挖苦毫不留情，他閱覽著自動翻頁的文件，沒翻幾頁，他得知了卡麥兒遮住眼睛的原因。

文件裡夾了好幾張警方提供的案發現場照，每張案發現場照片旁邊都貼著一張受害者的大頭貼，並且註記著姓名、基本資料、失蹤日期和被發現的日期。

當然，這些都沒什麼問題，真正的問題出現在警方提供的案發照上——照片裡，一團團血肉模糊的東西參雜著毛髮，如果不仔細看，根本看不出那東西原本是個普通人類。

文件再次翻頁，幾份剪報貼在上頭，標題聳動地寫著——

「哭嚎山峰離奇死亡事件　意外？謀殺？百年女巫的冤魂作祟？」

絲蘭將手掌一闔，整份文件啪一聲跟著闔上，那聲音把卡麥兒嚇得整個人跳了一下。

「妳說說看啊，妳都獲得了什麼資訊。」絲蘭故意詢問，他伸手捏了捏耳垂，耳朵在癢，代表蜘蛛們正蠢蠢欲動著要外出探訪並蒐集資料。

卡麥兒終於放下了手，「我知道這跟哭嚎山峰有關……」她窘迫地說著，臉越來越紅，「哭嚎山峰是一座登山聖地，但最近有奇怪的事情發生了……像是有人失蹤、有人死亡了。」

這不是廢話嗎？

「然後呢？他們在哪被發現？都變成了什麼模樣？」

「我、我還沒看到那裡。」

「因為妳遮著眼。」

「哎喲！我怕嘛！我不敢看！」卡麥兒拳頭往桌子上一敲，再往桌上一趴，終於承認了自己為什麼遮著雙眼。

「身為一名教士，都辦幾次案了，連這種東西都還不敢看，我真懷疑妳怎麼順利畢業當上督導教士的。」

「我的學科很優秀，我的術科也很優秀，我比其他人聰明，也可以揍倒一堆男人！但神學院又沒有教人怎麼去習慣看血肉模糊的屍體！」卡麥兒碰碰碰地搥著桌面。

「是這樣嗎？」絲蘭不以為意地說著。

他隨手一揮，飄浮在空中的茶壺自動斟起了熱茶。他狀況好的時候一切都可以靠自己來。

「為什麼最近這種案子越來越多了？還越來越恐怖！」

「也許是為了什麼即將來臨的大事，所以萬物都蠢蠢欲動吧？」絲蘭伸手取下空中的茶杯，若有所思地喝起了熱茶。

「什麼事？」卡麥兒眨著大眼，俏皮地像小仙女一樣問。

絲蘭凝視著卡麥兒，陷入長長的沉默，直到卡麥兒困惑地皺起眉頭，甚至開始懷疑地摸起自己的臉，確認看看是不是沾到了什麼髒東西。

「誰知道。」終於，絲蘭撇開視線。

「絲蘭先生也有不知道的事情嗎？怎麼可能。」卡麥兒開玩笑似地搧了搧手，但也沒繼續追問，而是換了話題，「對了，你剛剛去哪了？」

「去拜訪了一位……」絲蘭斟酌了一下用字，最後說道，「老朋友。」

卡麥兒這次看起來還想繼續詢問下去，但原本飄浮在空中的另一杯熱茶緩緩地降到了她面前，將她的注意力引開了。

「我最喜歡的玫瑰茶！」卡麥兒驚喜地端起茶，小口小口地喝了起來。

卡麥兒就像大部份的獅派教士那樣，天真又單純，還有注意力不集中症候群……像狗一樣。絲蘭在心中下評語。

過去，絲蘭並不喜歡獅派教士，雖然他們向來親近女巫，但他認為獅派的教士實際上只是群偽君子罷了。鷹派的傢伙雖然也是群討厭鬼，至少他們是真小人，還好對付一些。

當年要選任新的督導教士時，絲蘭還試圖和蘿絲瑪麗做過交易，把伊甸的約書換給自己，把新來的卡麥兒換給伊甸……然而蘿絲瑪麗的性格和她年輕時一樣固執，這筆交易後來沒有成立。

絲蘭曾經覺得可惜——

「我看我們偷偷跑出去買個蛋糕當下午茶點心好了，絲蘭先生。」卡麥兒的提議把絲蘭從回憶裡喚回。

看著滿臉雀躍打著壞主意的卡麥兒，絲蘭正想開口說些什麼，卡麥兒那個有著蜘蛛圖案的淡紫色平板亮了起來，與此同時，一隻蜘蛛從天花板掉落，跑進他的耳裡。

「請到我的辦公室報到一趟，有急事交代。」跑進絲蘭耳朵裡的蜘蛛用一種正經八百的聲音說話，就像某人說話時的音調一樣。

蜘蛛繼續說著：「約書很苦惱、約書很苦惱。」

話剛說完，卡麥兒就一臉苦惱地抬起頭，表情像發生了天崩地裂一樣。

「大學長居然傳訊息來要我們現在就去他的辦公室報到！」

絲蘭一點也不意外地喝著他的茶，蜘蛛依然在他耳邊細語：「苦惱、苦惱啊！一個中毒、一個倒下！夜鴉是災厄、蕭伍德是剋星！」

當蜘蛛們再次提到夜鴉和蕭伍德時，絲蘭的雙眼亮了了。

「想翹個班也不行嗎？」卡麥兒疑神疑鬼地抬頭張望四周，「大學長是不是在這裡裝設了監視器？怎麼每次都能在我們翹班之前堵到我們？」

絲蘭冷笑一聲，「我可不認為他們有能耐監視我們。」監視是狼蛛們的專長，可不是銜蛇或教士們的……雖然他並不否認約書克拉瑪這個人有著某種奇怪的直覺。

「可是我好想吃蛋糕！」卡麥兒又用手摀住臉，開始裝模作樣地哭了起來，「難得絲蘭先生特地泡了玫瑰茶給我，我就不能吃塊蛋糕休息一下嗎？當初督導教士在招募時明明說過有提供員工下午茶的！」

卡麥兒發出了嗚嗚嗚的假哭聲，又從指縫裡露出眼睛偷看絲蘭。

絲蘭看了他的教士一眼，搖搖頭，用手杖往地板上一敲，轟的一聲，原本還在辦公室內的他們竟瞬間移動到了靈郡小街上的某家甜點店內，一同前來的還有兩杯玫瑰茶。

「還有點時間，去挑妳想要的蛋糕吧。」絲蘭繼續喝起了他的茶。

「絲蘭先生你最好了！」原本還在痛哭的卡麥兒馬上笑開了花，她從路邊的座位上起身，不顧店員和路人詫異的目光，也沒解釋自己和絲蘭為何會憑空冒出，她開心地跑去挑起了自己想要的下午茶點心。

但沒過多久，那隻小母獅又跑了回來。

「哎……」

「怎麼了？」

「絲蘭先生，可以借我錢嗎？」

「……」絲蘭乾脆地拿出了錢包。

獅派教士還有幾個問題，臉皮很厚，很會坑人。

約書抱著一疊關於哭嚎山峰的新文件進到辦公室時，伊甸正縫製著巫毒娃娃，異常專注，眼裡閃著像蛇一樣的金色光芒。

約書把那疊文件放在自己辦公桌上，隨手拉了把椅子坐到伊甸身邊，等待著對方注意他，但銜蛇男巫顯然沒有要理睬他的意思，於是他開口打擾對方工作：「伊甸，看我，伊甸——」

「什麼事？」伊甸終於抬起頭來。

「你知道嗎？我覺得你認真工作的樣子看起來很……」約書瞇起眼來，仔細思量著用字遣詞，「邪惡。」

伊甸沒有太大的反應，他冷冷地注視著約書，反而點點頭，「正好，這不是很符合我的身分嗎？」

「那麼這位邪惡的男巫先生，請問你正在做什麼邪惡的……」約書的話在看到桌上的東西時瞬間停住。

伊甸的桌上有好幾隻顏色鮮豔的小蛇正在他製作的巫毒娃娃身邊攀爬，而淹沒在小條毒蛇之中的還有和娃娃等比例大小的幾種刑具。

約書伸手從毒蛇堆中拿起了其中一種刑具，那刑具看起像張小王座，重量很沉，王座上則布滿了尖刺。

「審訊椅？」約書盯著手中的小王座。從前，他們的祖先會在異端裁判庭上用這種刑具審問邪惡的女巫，讓她們坦承罪刑，為她們的過錯懺悔。

當然現在已經盡量避免使用這種不人道的刑具了，白鴉協約裡有規定，除非惡行重大、罪證確鑿，否則不該使用刑具。

約書看向桌上的巫毒娃娃，那巫毒娃娃的模樣和最近新聞報導裡被描述得窮凶惡極的男巫林區長相相仿，年輕又稚嫩。

約書沉默著，直到伊甸開口說話：「我正在為這次的異端裁判庭做事前準備，別忘了這次的審問者由我們擔任。」

「我沒忘啦。」約書將手中的審問椅放回，他靠向椅背，撓起後耳，「只是你確定你要擔任審問者嗎？過去據說都是由絲蘭擔任的，給經驗豐富的他來繼續擔任不是比較好？或許……」

「我很確定。」伊甸打斷約書的話，他盯著約書的動作，雙眼依舊像蛇眼一樣，銳利而冰冷。但在約書準備再說些什麼的時候，他微笑開來，「況且絲蘭先生也不願意繼續擔任審問者了。」

「確實是。」約書無奈地嘆了口氣。

絲蘭擁有狼蛛男巫這個頭銜很久了，沒人知道他究竟幾歲，只知道他從達莉亞時代就在任了，甚至可以追溯到更早以前。據說在這之前，異端裁判庭的審問者一職，一直都由絲蘭擔任，因為狼蛛們擅於說謊、拷問以及獲取情報，他們是最適合的人選。

但自從上次的異端裁判庭後，絲蘭便向教廷表明不會再繼續擔任這個職位。

距離上次的異端裁判庭已經過了幾十年，當時的大主教還是蕭伍德家的人。那次的異端裁判庭異常隱密，規模也很小，所有資料都屬機密，連參與成員有誰也無人知曉。沒人確切知道當時究竟發生了什麼事，竟然需要異端裁判庭來解決，唯一明確的訊息，只有審問者絲蘭曾經參與其中。

在教廷公開的版本裡，他們簡單地公告了一名無名的流浪女巫觸犯了白鴉協約，並在他們的審問後，坦白罪刑並誠心懺悔，最後羞愧自盡。他們很遺憾最後產生了這樣的結果，但除此之外沒什麼好說的。

自從那次的異端裁判庭後，審問者絲蘭就宣稱他膩了，不想繼續無償幫教廷做這些吃力不討好的工作，不願再續任……

沒人知道這是不是事實，但無論如何，如果絲蘭不願意續任審問者，他們就必須尋求替代的人。然而放眼望去，現在教廷內的男巫們——夜鴉太失控、狩貓太自我、鳴蟾太纖細，於是這次的工作理所當然地落到了最穩定的銜蛇身上。

「別擔心，審問對銜蛇家來說不是難事，你沒聽過蛇蠍心腸嗎？我們和針蠍家一樣冷酷無情，也很適合擔任審問者。」伊甸用手指敲了一下桌上的審問椅，小小的鐵座椅發出了響亮的聲音。

約書又撓起後耳，面無表情地陷入沉思。先不論伊甸介不介意，身為伊甸督導教士的他理所當然也是審問者之一，然而他在這之前並沒有任何經驗。

伊甸看出了約書的疑慮，換了一種更輕鬆的語氣道：「如果你這麼擔心的話，到時候我讓你牽著我的手進行審問就是了，小雞教士。」

「你才是蚯蚓男巫。」約書隨口說著，「或花園鰻男巫，或……」如果給他點時間，他可以說上一整天，但他口袋裡的手機響個不停。

約書拿出手機來看，他「呃」了聲，臉色不太好看，看來是工作又上門了。

看到對方的表情，伊甸詢問：「哭嚎山峰的案子？」

「對，看到那疊東西了嗎？我已經叫卡麥兒和絲蘭來一趟了。」約書指著自己桌上的文件，傷腦筋地按住了自己的額頭，「這種棘手又緊急的案件偏偏挑在這種時間進來，我真的很頭痛。」

「案件決定派給他們？」

「絲蘭又不用為異端裁判庭作準備，當然交給他們處理！」雖然好像有點對不起學妹卡麥兒，但他的這份愧疚感並沒有持續太久。

「不考慮柯羅和萊特？」

「你說那兩個災星？你去看看和他們合作過的丹鹿和威廉吧，不是中毒就是倒下，你不覺得讓他們先暫時先安靜一陣子比較好？」約書認定萊特和柯羅一定是被衰神纏上了，他心浮氣躁地再度撓起耳後，低頭看了眼手表，「話說學妹和絲蘭也太慢了吧？」

約書話音剛落，桌上的一堆鮮豔小蛇忽然躁動地抬起頭，對著前方排排陳列的鐵櫃吐起蛇信，發出嘶嘶威嚇聲。

伊甸看了眼他的信使們，冷笑了聲：「說人人到，正好，我順便有點事情想和他談談。」

「蛤？」約書還沒反應過來，一條玉白色的大蛇忽然吐著蛇信從角落冒出，牠爬行到約書的腳邊，一下子纏住了他的腳並向上攀爬。

約書踉蹌地想站起身，白蛇卻瞬間將他五花大綁，伸出尖尖的牙和蛇信，不斷對著他的耳後發出威脅聲。

「不會吧？你為了個蚯蚓和花園鰻的綽號就要殺我！」約書戲劇性地倒抽了口氣，他被迫躺在地上，蛇身冰冷而柔軟。

其實還滿舒服的。

「不，沒有要殺你，我想殺的是別的東西。」伊甸蹲下身，伸手撫過約書的後耳和臉頰，那讓約書的臉頰一癢，伊甸似乎抓起了什麼。

這時他們前方的鐵櫃砰一聲被打開，高大的紫髮紳士從窄小的鐵櫃裡走了出來。

「絲蘭先生，我跟你說過多少次，進門前要敲門！」身穿教士袍的女孩跟著從鐵櫃中竄出，「要是他們在做什麼羞羞臉的……」像小仙女一樣的她一看到被白蛇綑綁的約書，以及正在摸他臉的伊甸後便停住了動作。

卡麥兒停頓了整整好幾秒，這才又沒事般地轉過頭去看她家的男巫，並且斥責：「你看吧！所以我才說進門前要先敲門吧？我們打擾到人家了，快回去！」女孩轉過頭就開始推擠絲蘭，試著要把比她高大的男人塞回鐵櫃裡。

「喂！學妹，妳要誤會的話少說也先幫我報警再走吧？怎麼看我都是被這男人強迫的吧？妳職場性騷擾防治的教育訓練課程到底有沒有學好啊！」約書試著要從白蛇的束縛中掙脫，但那隻白蛇似乎纏上他了，伊甸也不管。

「抱歉抱歉，我以為你是喜歡綑綁 PLAY 的那種人。」正在被絲蘭推著頭拉開的卡麥兒很失禮地大笑著。

「丹鹿才是喜歡綑綁 PLAY 的那種人，妳快來幫我脫困啦！小心我送妳去教育訓練喔！」

「好啦好啦！」

不顧兩位教士的打屁閒聊，伊甸走向被卡麥兒丟下的絲蘭，他一手扠著腰，一手輕握拳頭，並且迎向絲蘭的目光。

「絲蘭。」

「伊甸。」

男巫們頷首招呼，氣氛凝滯。

絲蘭看向伊甸滿是毒蛇的桌面，毒蛇們每隻都面向著他，惡毒地吐著蛇信。

「兄弟姐妹們在毒蛇手裡，毒蛇正在看著您。」一隻蜘蛛在絲蘭耳裡說著，絲蘭又看向伊甸握拳的手，對方的手掌內有東西在竄動。

被發現了。

「我記得我們達成過共識，在黑萊塔，你該管好你的蜘蛛們，別讓牠們隨便亂爬，尤其是爬到我們這裡來。」伊甸說。

「你又亂放蜘蛛了嗎？絲蘭……啊痛痛痛痛！」約書想插話，但白蛇把他轉了一圈，卡麥兒試著想把他扯出來的力道又太大，痛得他哀叫連連。

沒有理會約書，絲蘭很有禮貌地道歉：「我的蜘蛛們遍布各地，但我從來沒讓牠們主動闖進你們的辦公室，可能是幾個不懂事的孩子不小心搭了順風車，這點我向你道歉。」

「是這樣嗎？」伊甸微笑，他並不買帳，繼而壓低音量道，「絲蘭，我們可不是你的敵人，不是你該打探的對象，你最好注意一下你的立場。」

「當然，身為白鴉協約底下規範的正統巫族，我們可是盟友。」絲蘭瞇起眼，也跟著壓低音量，「再者，你也沒什麼好打探的，小毒蛇這麼張揚，誰都能知道你的動向——新任審問者。」

「還不是因為有人嫌麻煩不願意做，不然你大可續任。」

「不了，我續任的話，你怎麼有機會討好現任教廷呢？」絲蘭話說得酸，卻笑咪咪地向伊甸伸出手，示意對方歸還他的蜘蛛。

伊甸沉默了幾秒，搖搖頭道：「約定就是約定，你承諾過，所以無論牠們是不是搭順風車，都不該出現在這裡。」

在約書和卡麥兒看不見的角度，伊甸握緊了拳頭，啪嘰一聲，紫色的汁液賤了出來。

「不！他殺了大伯父的小姨子的男朋友的隔壁鄰居的小叔，還有二姨媽的姑姑的小孩的朋友的爸爸！」

絲蘭冷下臉，不顧耳內哭天喊地的蜘蛛們，看著伊甸的幾條小蛇爬上他的手，並從掌心裡吃掉兩隻被他捏爛的蜘蛛屍體。

「你知道嗎？伊甸，你會是個很好的審問者。」絲蘭用手杖往伊甸胸口上一敲，他再度笑了起來，似乎並不在意自己被犧牲掉的幾隻蜘蛛，「也會是教廷很好的走狗。」他補充。

「多謝誇獎。」伊甸用手帕抹掉了掌心上殘留的汁液。

狼蛛男巫和銜蛇男巫持續對峙，直到被晾在一旁的約書終於忍受不了地開口求助：「喂！你們兩個不要再講悄悄話了，快點把我放開，這傢伙笨手笨腳的一點幫助也沒有！」

伊甸和絲蘭同時轉頭，這才發現大蛇竟然連卡麥兒一起纏住了，牠帶著教士們亂爬，彷彿想將他們帶進窩裡當儲備糧食。

「好心提醒你，別等麥子開始暴力掙脫，不然你的信使會比我的蜘蛛們更慘。」絲蘭斜睨了伊甸一眼，伊甸則是搖搖頭，吹了聲口哨後，大蛇才終於鬆綁兩位教士。

CHAPTER

2

新組合

約書重新整理好自己的教士袍和凌亂的頭髮，然後瞪向一臉平靜地坐回位置上的伊甸。這邪惡的傢伙明明吹個口哨就能把大蛇叫走……卻讓他和卡麥兒差點被捲到天花板上了才願意動作。

果然是在記恨花園鰻這個綽號吧！

「咳咳……」約書清了清喉嚨，一臉嚴肅地看向絲蘭，壓低聲音警告對方，「絲蘭，下次請不要再讓你的信使們隨便爬到我們身上了，你知道教廷很不樂見你這種行為。」

約書希望自己看起來夠有威嚴，雖然他是黑萊塔裡最資深的督導教士，但他的年資還是比絲蘭輕上許多，有時候要指揮絲蘭是件很困難的事。

「怎麼了，因為有什麼機密不想讓我知道嗎？」絲蘭露出了不懷好意的笑容。

真的很難搞。約書忍著不讓眼底冒出厭世的靈魂。

「絲蘭先生，好好道歉！」這時絲蘭身旁的卡麥兒對他架了個拐子，她發出了哼哼的警告聲，彷彿一隻小吉娃娃在訓斥一隻獅子。

絲蘭瞪著身旁矮他一顆頭的卡麥兒，卡麥兒也瞪著他，約書幾乎懷疑下一秒絲蘭就要一口吞掉他膽大包天的學妹了……然而絲蘭只是翻了個白眼，最後十分敷衍地對約書說道：「好吧，我道歉。」

天啊！吉娃娃取得了勝利，怎麼辦到的？約書在心裡嘖嘖稱奇。

「絲蘭先生都道歉了，學長你就接受吧，別擺出這麼嚴肅的表情。」卡麥兒繼續緩頰。

「那是他放鬆的表情喔。」伊旬插話。

「咦，是嗎？」

在卡麥兒打算繼續和伊旬聊下去前，絲蘭用手杖敲響地板，打斷了他們的對話，「好了，別浪費時間。說說看，你們找我和麥子來究竟有什麼事？」

約書這才恢復了他「嚴肅的」表情，看著絲蘭和卡麥兒詢問：「請問兩位研究過哭嚎山峰的案件了嗎？」

卡麥兒一頓，有點心虛地點點頭，看是看過了，但她根本還沒閱讀到最重要的部分——屍體。

比起案件，剛剛她和絲蘭研究著要草莓蛋糕還是巧克力戚風可能還更仔細點。

不過不要緊，還有絲蘭在。

「很有趣呢，一個被壓扁在平地上，一個像團泥土一樣被塗在山壁上。」絲蘭回應，他的蜘蛛們正在跟他耳語著哭嚎山峰的相關資訊，而站在他身旁的卡麥兒則試圖遮住耳朵。

「今天又發現了新的屍體，剛剛警方那邊送來的最近的消息。」約書說，「和前面兩位一樣，這次的死者是這幾個月在哭嚎山峰附近的失蹤人口之一。」

「我真好奇這次的屍體長什麼樣子。」絲蘭笑道，他的蜘蛛們也在蠢動。

「那正好，關於這點……」約書默默地將辦公桌上頭的文件搬起，然後全部轉交給了卡麥兒，「學妹，這案件我打算全權移交給你們處理，沒問題吧？」

卡麥兒看著手上的文件堆，最上頭的照片就是最近發現的幾張屍體照，這次她連眼睛都來不及遮，全部看進眼底。

約書看著臉色發白的卡麥兒，雖然好像有點對不起學妹，但他必須再重申一次，他可是不會抱持著愧疚感的。

「妳可以的，學妹。」約書伸手打算拍拍卡麥兒的肩膀，卻被絲蘭用手杖拍開了。

約書看向絲蘭，絲蘭冷冷瞪著他，他默默收回了手。

「另外提醒你們一件事，這個案件很棘手，必須盡快處理，而且越快越好。」

「為什麼？為了要迎合你父親舉行的異端裁判庭嗎？」絲蘭挑眉，話說得很酸。

「不。」約書皺眉，搖了搖頭，「請你們仔細研究這些新的文件。我們懷疑，最近在哭嚎山峰附近失蹤的人都和這個案件有關，可能有什麼東西正在窩藏這些失蹤者，並且一一殺害他們。」

「也就是說，可能還有存活的失蹤者？」卡麥兒問。

「對，但也只是猜測，人命關天的事情還是謹慎點處理比較好。」

「我明白了，我們會盡快處理的。」卡麥兒點點頭，她白著臉把那些血肉模糊的照片收起來。

「這案件不好辦，雖然我最近會常跑教廷，如果你們有需要支援，我和伊甸——」

「支援？」絲蘭忽然打斷了約書的話，他露出了相當有興趣的表情，「我們可以要求支援嗎？」

「呃，對，怎麼了嗎？」約書有種不好的預感。

「那麼我們可以指定人選嗎？」

「可以是可以，但丹鹿和格雷這兩組目前都因為各種原因……」

「不，我才不要他們。」

絲蘭用手杖敲了敲地板，臉上揚起了一抹讓約書脊椎發冷的笑容。

「小蕭伍德，給我小蕭伍德和柯羅吧。」

萊特打了個噴嚏後，他身旁的柯羅也緊接著打了個噴嚏，在陽光明媚、溫度適中還有一大堆古怪植物的狩貓男巫辦公室裡，兩人連打了好幾個噴嚏。

萊特和柯羅互看一眼，揉揉鼻子，一邊看向正站在工作檯旁的榭汀，他們把原因怪到榭汀正在進行的事情上。

空氣瀰漫著一股又熱又辣的氣味，像是有人拿了把燃燒的胡椒往你鼻腔裡塞，而那氣味正來自狩貓男巫的工作檯。

藍色火焰在工作檯上憑空燃燒著，榭汀不斷地往火焰裡丟著各種說不出名字的藥草。火焰因為燃燒藥草的關係不停地變換著顏色，但最後都還是會變回帶點透明的藍色。

萊特很想開口詢問火焰是從哪裡來的，但自從他們將榭汀召回黑萊塔後，貓先生就異常安靜與冷漠，誰都可以看出他的心情極差，就連厚臉皮的萊特也遲遲不敢打擾對方。

榭汀面前站著兩位從教廷那邊指派來的獅派教士，他們中間則是坐著萊特他們從寂眠谷帶回來的理查德警長。

寂眠谷事件後，一批參與過布道的居民都被帶回了黑萊塔，為了確保除去他們身上的巫術，大學長向教廷申請了幾位教士協助，一邊召回了正在幫忙蘿絲瑪麗看顧丹鹿的榭汀。

理查德警長被教士們壓制在椅子上，滿臉的蒼白與慌恐，他緊張地詢問著身邊的兩位獅派教士：「現在這是要做什麼？這男巫要對我做什麼？」

「別緊張，你身上有些壞東西，我們需要把壞東西清理掉。」一名獅派教士拍了拍警長的肩膀安撫道。

理查德警長完全不知道，兩天前的晚上他正失控地拿著槍在寂眠谷的教堂裡追殺著萊特他們，若當時他沒有帶著萊特他們去寂眠教堂，他很有可能正在家裡追殺著自己的妻小。

警長只記得他帶著教士和男巫們上了教堂，壞事就發生了，而當他一清醒，就被當犯人一樣被壓制著，正接受著男巫的「酷刑」。

這驗證了寂眠谷的俗諺：一碰女巫，倒楣七年。

「那又是什麼？你們要燒掉我嗎！」警長看著榭汀桌上的火焰，恐懼不斷在心裡加深，加上身邊都是些散漫隨便的獅派教士，他主觀地認定男巫不懷好意。

「喔，別緊張，親愛的，這其實是種叫做藍焰的花，它不會燒人。」這時，桌上的一株顛茄忽然轉過頭來說話，並解答了萊特和警長的疑惑，「事實上，藍焰是用來吸食的，它可以驅邪排毒、淨化身體。」

「你又是什麼！」警長看著桌上那顆長著人臉還濃妝豔抹的顛茄，失態地叫了起來。

「喔，我叫納薩尼爾，甜心。是名職業瑜珈教練。」桌上的顛茄咯咯咯地笑了起來。

萊特還記得他上次在鹿學長桌上看到的顛茄是個老頭子，怎麼現在變成了一位濃妝豔抹的……先生了呢？還有，顛茄們沒有手腳要怎麼做瑜珈？這太讓人在意了！

「你又沒手腳要怎麼做瑜珈？」萊特正在糾結的時候，柯羅不客氣地問道。

問得太棒了！柯羅！萊特在心底吶喊著，連其他兩名教廷派來的獅派同袍都拉長了耳朵在聽。

「這很簡單，我們通常……」

「還少了一樣。」

榭汀打斷了納薩尼爾的話，他用手搧了搧火焰，確認氣味後，他逕自走向丹鹿的辦公桌，並且在眾人的目光下將納薩尼爾扭了下來。

「啊啊啊啊啊——」納薩尼爾頭頂冒著血紅的汁液，它悽慘地尖叫著，「記住！顛茄的瑜珈運動很簡單，首先你要……」

納薩尼爾的話還沒說完，便被榭汀扔進了藍焰裡，藍焰瞬間變成高高的紫紅色火焰，把納薩尼爾吞噬殆盡。

這次它沒有如前幾回一樣，變回原本透明的藍色。

「好了。」榭汀把拇指上沾到的顛茄汁液抿進嘴裡，汁液沾到他的嘴唇上，像血一樣。

除了柯羅以外的幾人全都倒抽了一口氣，他們看著這樣的榭汀，沒人敢吭聲。

好吧，看來顛茄要怎麼做瑜珈這問題將成為世紀之謎了，萊特和兩名獅派教士有些惋惜地想著。

這時，榭汀在他們面前直接伸手撈起一把變成紫紅色的藍焰。

紫紅色的藍焰在榭汀掌心裡竄動，他握著那團冒著嗆辣氣息的烈焰來到警長面前，並且向兩名教士指揮道：「按住他的額頭，打開他的嘴。」

兩名獅派教士互看了眼，他們聳聳肩，一個人按住了警長的額頭，一個人則掐著他的下顎強迫他張嘴。

「不！不！」警長慌張地叫著，但徒勞無功。

「別擔心，雖然會有點燙，但就像納薩尼爾說的，不會燒人。」榭汀說。

「但、但但但它不是被燒掉了嗎？」

說得還真有道理呢。萊特和柯羅他們眼睜睜地看著在榭汀將手上的藍焰倒入警長的嘴裡，警長的尖叫聲被火焰吞沒，紫紅色的火光一下子溜進了他喉頭內。

「你們兩個，確保他把東西吞下。」榭汀彈了兩下手指，兩名獅派教士連忙過來幫忙按住警長的嘴，然後他又朝萊特彈了彈手指，「你，去拿個鐵盆來！」

這是今天貓先生第一次主動和萊特對話，萊特「是」的一聲立刻動作。

柯羅好整以暇地挑眉看著三個手忙腳亂的獅派教士。獅派的人真的都是一個德性，三頭獅子鬥不過一隻貓，他心想。

在萊特帶來了鐵盆、兩位獅派教士確認了警長吞下藍焰後，一切恢復平靜。

一陣長長的沉默後，不斷祈禱、滿臉蒼白地等待自己被燃燒的警長沒迎來烈焰焚身，他只覺得胃裡怪怪的。

「就這樣嗎？」萊特終於忍不住出聲詢問。

「再幾秒鐘。」榭汀用手指輕敲著手表，大約三秒後，他說，「把鐵盆塞給老傢伙。」

萊特還沒反應過來，警長已經開始發出了反胃作嘔的聲音，他忽然睜大眼，張開了嘴，喉頭泛出一陣詭異的光芒，又紫又紅。

「他如果吐在我地板上，我就壓著你的頭去清理。」榭汀對萊特說。

丹鹿今天可不在。

萊特趕緊把鐵盆遞上前，警長一接到鐵盆，立刻抱著鐵盆吐了起來。

原本跑進去警長體內的藍焰又再度冒出，這次挾帶了一堆烏黑骯髒的臭物出來，那坨燃燒著的黑色物體像是瀝青一樣，冒著濃稠的泡沫。

警長不停地吐著，直到把鐵盆都吐得滿滿的為止。

「大功告成。」榭汀說。

萊特在快虛脫的警長把鐵盆翻倒前，跑過去抽走了鐵盆。他發現鐵盆裡的藍焰逐漸熄滅，凝結成玉一般的硬塊，而上面汙濁的黑污則是不斷地變成黑霧向上飄散。

榭汀走到萊特身旁看了一眼。

「他們被人下了一種黑巫術，簡單又邪惡的那種。」榭汀伸手捏住萊特的鼻子，「別聞，這東西對人不好。」

萊特在鼻子被扯掉之前把鐵盆放了下來。

「你有沒有辦法追蹤到這是誰做的？」柯羅上前詢問，他神色嚴肅。

榭汀看著鐵盆裡的黑污不斷消散，最後只留下了像玉一樣透明的藍焰硬塊，他搖搖頭，「很遺憾的，這種黑巫術很狡猾，一旦從被施術者體內取出就會開始消散，從活體裡取出後會消散得更快，根本無法追蹤。」

榭汀面無表情地看了眼老警長，他一掌拍在老警長肩上：「不然這樣，委屈一下老警長，只要現在讓巫術發作立刻死掉，或許我就可以取出濃度很高的黑巫術去追蹤了喔。」

柯羅也看向老警長。

「不不不不，請千萬別這麼做。」三個獅派的教士圍了上來。

「開玩笑啦。」被圍住的榭汀收回手，雖然他的表情一點也不像在開玩笑。

回到工作檯拉開抽屜，榭汀拿出了幾個玻璃罐，然後一一將桌上燃燒的藍焰裝進玻璃瓶內，再交給兩名獅派教士。

「讓那些可能被施了巫術的寂眠谷居民們喝下，等他們把體內的髒東西吐出來之後就沒事了。」榭汀說。

「非常感謝您的協助，狩貓先生，我們會再回報教廷相關狀況的。」兩名獅派教士小心翼翼地接過玻璃瓶後，其中一個人架起了寂眠谷的警長先生一同離開。

看著兩名同袍離開的背影，萊特鬆了口氣，雖然最重要的幕後主使者還沒抓到，但這樣一來寂眠谷的案件也算告一段落了，至少父親屠殺全家的慘案暫時在寂眠谷劃下句點。

即便萊特知道柯羅還是非常在意。

不過……解決完一件事，他們還有另一件重要的事要處理。

咳嗽聲從榭汀辦公室裡的小溫室傳來，接著是東西被翻倒的聲音。

榭汀皺著眉頭，他嘆息了一聲後詢問柯羅：「這次的情況有多糟？」

柯羅想了想，他抱著胸回答：「比『躲貓貓』那次再糟上一點。」

「你們真是白痴。」榭汀皺起眉頭。

「到現在威廉都還不能控制自己的使魔，這可不是我的問題！」柯羅不悅地吼道。

「你以為自己就能控制自己的使魔了嗎？」榭汀冷冷地看向柯羅。

「你——」

「好了好了，不要吵架。」萊特站了出來，將柯羅拉到身後，隔開兩人，「我知道最近事情有點多，大家火氣都很大，但問題還是要處理，就讓我們一一把事情處理完吧？不然光吵架就沒完沒了。」

鹿學長不在，萊特必須是那個做到「制止、隔離、化解衝突」的人。

「拜託？」萊特對柯羅眨著大眼。

柯羅露出了超級嫌惡的表情，翻了個白眼後惡狠狠地瞪向榭汀，倒是沒有要繼續吵架的意思。

榭汀的表情一樣冷漠，比起柯羅的不悅，他更像是不在乎。

萊特的心一沉，他想起了柴郡是怎麼吃掉榭汀心中的柯羅的畫面。

「誰跟威廉待在一起？」榭汀邁開步伐走向溫室，萊特他們跟了上去。

「格雷。」

「喔，真是太好了。」榭汀的語氣相當諷刺。

榭汀辦公室裡的溫室養植著各種嬌貴的新鮮花草，每次經過都會有股濃濃的異香，然而當他們靠近溫室時，卻傳來一股腐敗的酸氣。

那股腐敗的酸氣似乎影響到了溫室裡的花花草草，一部分的花草竟看起來奄奄一息，枯萎泛黑。

「是誰把他放在我的溫室的？」榭汀發出了不滿的抱怨聲。

「他……他不願意被任何人看見，所以我們暫時把他放在溫室裡。」萊特說。

「你們不該這麼做的。」

當萊特等人進到溫室內時，格雷正貼著牆站在角落，他一臉嫌惡地看著前方，彷彿看到了什麼妖魔鬼怪。

溫室中央，披著黑袍的少年斜倚在輪椅上，地上全是撒翻了的牛奶和玻璃碎片。

「他……他的模樣……」格雷說不出完整的話來，他只是指著前方。

「威廉？」萊特走上前，那股酸腐的臭味越來越濃烈，幾乎到了嗆喉的地步。

「不要……不要靠近我！」披著大黑袍裡的威廉顫抖地拉下兜帽並蜷縮起身體，試圖不讓萊特靠近看清他的面容。

威廉的聲音蒼老而沙啞，萊特幾乎都快認不出來。

「沒事的，威廉，讓我看看。」萊特放輕聲音，他忍耐著那股強烈的惡臭，輕輕地將威廉頭上的黑袍掀開。

威廉瑟縮了一下，他藏在黑袍下的長髮露了出來，青綠又枯燥，和他原本的那頭粉紅色長髮完全不同。

當萊特撥開威廉那頭青綠色的長髮時，他終於知道為何格雷會驚嚇成這樣了。

威廉藏在黑袍和長髮底下的臉既蒼老又醜陋，他的皮肉下垂，表層長著如膿包般一顆顆的青色大疣。

當萊特帶回威廉時，他的狀況還沒有糟成這樣，然而時間一拉長，狀況就變得越來越糟，彷彿有什麼東西正在吸食他的養分，迅速荼毒著他的身體……

「別碰我！」威廉揮開了萊特的手，他再度蜷縮起來，好像這樣就能讓自己消失一樣，「……也別看我。」

萊特轉頭看了榭汀一眼，榭汀直接走來，毫不猶豫地掀開威廉的黑袍和頭髮，無視威廉孱弱的拒絕，像檢視實驗物品一般地檢視對方。

「蝕把伏蘿撕爛了是嗎？」榭汀問。

「幾乎。」柯羅哼了聲。

「你們真的是白痴。」榭汀又重申了一次，柯羅則讓溫室裡的燈泡全炸了。

「柯羅！」萊特對柯羅喊了聲。

「記得找人把新的燈泡裝回去。」榭汀倒是一點也不在意的樣子，他對萊特說，然後伸手摸了摸威廉的臉。

「榭汀……」威廉發出虛弱的聲音，他看著榭汀，眼淚不斷從他混濁的眼裡流出。

「我會治好你的，別擔心。」榭汀收回手。

或許貓先生並不是真的這麼冷酷無情。萊特心裡剛這麼想的同時，榭汀卻拿出手巾擦拭起手來，並且對著威廉說：「但記得你欠我一次。」

榭汀起身看向格雷，他頭一擺，示意，「你，過來，抱起他。」

「為、為什麼？」格雷待在原地，無法動彈，空氣裡那股酸臭味讓他無法前進。威廉的狀態嚇到他了，他從沒見過這麼醜陋的生物。

此時的威廉就像他們鷹派教科書上所描繪的女巫那樣，面容醜惡而嚇人，鷹派們相信，那才是女巫和男巫們的真面目。

「他這個狀態普通藥水是治不好的，我們必須把他埋起來。」榭汀說。

「埋起來？」

「對。你到底要不要過來幫我把他抱起來？」榭汀腳尖點地，已經開始不耐煩了，格雷卻死活不肯靠近威廉。

眼見雙方僵持不下，而貓先生又瀕臨爆發的邊緣，萊特開口：「我來吧！」沒等威廉的同意，他將威廉從輪椅上抱起。

威廉沒有力氣掙扎，他幾乎癱軟在萊特懷中，而他身上破掉膿泡沾染到萊特的白色教士袍，周圍的花草因為那股氣味枯萎得更厲害了。

「對……對不起，我很抱歉……」瑟縮在萊特懷裡的威廉發出了幾乎讓人聽不到的聲音。

「這沒什麼，不需要道歉。」萊特搖了搖頭。

「好吧，跟我走。」榭汀勾了勾手指要萊特他們跟上。

「我們真的要把他埋了？」萊特有點遲疑，「……這樣好嗎？」他擔心貓先生因為心情不佳打算痛下毒手解氣，到時候說不定連他和柯羅都一起埋了。

「對，我們要把他埋進深處。」榭汀說。

「上哪去埋？」

榭汀沒回答萊特，他領著他們走出溫室，一路來到他辦公室內那個棵幾乎占據著整個主要空間、最顯眼的大樹之下。接著，他踏上了階梯，並且轉過頭來對萊特指了指上方。

「小心腳步，我們要上天堂去了。」

CHAPTER 3

神秘之旅

榭汀曾經不只一次提到天堂這個地方，萊特每次都很好奇是不是真的有這個地方存在，因為鹿學長老說那大概是個玩笑話而已。

萊特跟在榭汀身後，一路踏著從大樹表皮長出的木階不斷向上，他們越爬越高，有懼高症的人可能沒辦法接受這樣的折磨。

萊特向下看了眼，他們已經離地面很遠了，不知道該可憐還不該可憐的格雷走在最後面，他的步伐極其緩慢，臉色蒼白，時不時往下望著；柯羅則是乖乖地跟在他身後，他們的影子疊在一起，就好像柯羅的影子正扶著他的影子，讓他穩穩地走著，深怕他掉下去一樣。

「你是不是擔心人家……」萊特有點嬌羞，他的影子立刻抖了一下，害他腳步不穩。

「看路！你想摔死嗎？」

柯羅瞪著萊特，語氣凶狠。

萊特乖乖地轉回頭穩穩走著，這才發現他們已經走進了樹冠之中，枝葉層層層疊疊的，但都避開了主要通路，長在上頭像弧形的拱柱似的。長長的階梯沒完沒了，有一度萊特還真以為他們會直接通往天堂去，直到他們前方被濃密的樹葉和細枝擋住。

「天堂到了。」榭汀故意在胸前畫了個十字，像個虔誠的教士。他像沒事一樣地繼續往前走，那些細密的樹枝在碰上他時紛紛退了開來，自動為他闢成一道門。

萊特抱著威廉跟在榭汀的身後鑽進了枝葉之中，柯羅尾隨在後，當他們進到了所謂的天堂裡，才發現原來位於那棵大樹樹頂別有一番景象。

大樹上竟然支撐著一間玻璃屋！萊特驚嘆不已地看著眼前的天堂。

玻璃屋的形狀像半顆圓型的鵝蛋，地面被奇特的淺藍色細土給填滿，而頭頂則是被一大塊一大塊的「雲朵」掩蓋著。

「這顆大樹是長進了天空裡嗎？我們直接進到雲裡了？」萊特想拿手機出來拍照上傳到他的小社群裡，但他身上還掛著一個威廉。

「不，那是就『天堂』。」榭汀有些自豪地展示，「我親手種出來的寶貝。」

「所以『天堂』其實是一種花草？」萊特順著榭汀的視線往上望，雲朵中央向下長出了幾株像小燈泡一樣泛著藍色螢光的花苞。

威廉身上散發出的可怕氣息被掩蓋住了，空氣裡有種甘甜清冷的香氣，像是桂花混合著薄荷的味道。

天堂的小花苞們斷斷續續的吐著亮藍色的水出來，水在淺藍色的土壤上匯聚成了一灘小池子，小池的顏色藍得像太陽下煦煦發光的大海。

「你曾經拿了一種藍色的藥水替我擦藥……就是這個嗎？」萊特問。

「對，天堂的甘露，你很幸運，這是一種很珍貴的藥水。」榭汀說。

「這麼大一朵，你沒死還真是了不起。」柯羅再旁邊酸酸地說了一句。

「什麼？」萊特問。

「天堂是用血水餵養的，越多血水，甘露越充沛。」柯羅說。

「你又知道我是用自己的血了？」榭汀微笑。

聞言，萊特打了一個顫。等鹿學長回來後，他一定要好好檢查學長身上有沒有洞，或被榨過血後的痕跡！

「喂！放我進去！」天堂外頭傳來了悶悶的敲打聲。

萊特他們轉頭，原來是落後的格雷被枝葉擋在外面了。

「他需要說個『天堂到了』或『芝麻開門』之類的暗語嗎？」萊特問。

榭汀聳了聳肩，「不，進來這裡不用暗語，他不能進來純粹是因為天堂不想讓他進來。」

萊特想了想，他也聳肩，「好吧，那接下來我們該怎麼做？」沒有人打算解救格雷的意思。

「先脫掉威廉的衣服。」榭汀指揮道。

萊特先將威廉放下，用眼神爭取過對方的同意後，小心翼翼地幫威廉脫起了衣服。

威廉藏在衣服底下的肌膚狀況跟臉部一樣糟，本就纖細的少年看起來更加瘦弱，肌膚上長出來的大顆腫泡讓他看起來像隻蟾蜍。

「伏蘿快把威廉的身體榨乾了。」榭汀很沒同情心地吹了聲口哨，他看向萊特，「還好你們來得早。」

光裸著身體的威廉瑟縮起來，默默地流起眼淚，似乎難以承受眾人的目光。

「接下來呢？」萊特用自己的披風遮住威廉。

「威廉必須要泡進天堂的甘露裡。」榭汀道，「抱起他，走進甘露池裡，將他往下沉，最好埋進土裡。」

萊特點點頭，他脫下靴子，抱起威廉準備往池子裡走。

「別在池子裡待太久。」一旁的柯羅出聲提醒。

「為什麼？」

「別待太久就對了，你會上癮。」

上癮？萊特皺起眉頭，只能點點頭，然後抱著威廉走進天堂的甘露池裡。

甘露池和萊特想像的不一樣，原以為自己會踩進一灘水中，但比起純粹的液體，更像是踏進了冰冷的水蒸氣中。

那股又冷又香的氣息竄進了萊特的鼻腔中，他的身體開始有點放鬆。

「把他浸下去，像你們在受洗時那樣。」當甘露的高度到達萊特的腰部時，榭汀命令道。

萊特聽話地將威廉慢慢浸入甘露之中，閉上眼前，威廉很小聲地說了句：「謝謝。」萊特微笑接受，然後將他完全浸入甘露裡。

威廉的身體下沉，而這時萊特腳下的藍色細土開始變得鬆軟，像流沙一樣吞噬著他們。

「現在呢？」萊特轉頭詢問。

「讓他埋一段時間囉！你可以回來了。」榭汀玩著指甲。

「我們不會淹死他吧？」

「他不會，你再不回來倒是很有可能被淹死。」

聞言，萊特開始往回走，但細土太過鬆軟，他不得不奮力游了起來，但甘露散發出的香氣卻讓他動作越來越慢。

當萊特沉入池裡時，他不小心吸入了幾口甘露，甘露像霧一樣，似乎淹不死人……游到一半的萊特忽然有了種放棄繼續游上岸的念頭，他想沉進池子裡。

「萊特！喂！」

「真有趣，沒想到這傢伙對甘露的反應這麼強烈。」

萊特頭頂上傳來了柯羅的呼喊聲和榭汀的說話聲，萊特在冰涼的甘露裡浮浮沉沉，幾乎快停止掙扎時，一股力量開始拉著他往上拖。

「你到底在裡面加了些什麼？愛麗絲的搖籃曲嗎？」上面，柯羅正一個人努力的拽拉著萊特的影子，試著將放棄掙扎的萊特拉上岸。

「不，這是純正的甘露，它必須加上苦橙、佛手柑、赤蛙毒和伏特加，才會變成讓普通人也能放鬆的愛麗絲的搖籃曲，你到底懂不懂魔藥的製程？」榭汀皺著眉頭，雙手環胸，冷眼看著身旁忙到額頭出汗的柯羅。

「誰會懂那種東西啊！」柯羅用力拉著萊特上岸。

這傢伙到底都吃了些什麼，才會變這麼重？

「蘿絲瑪麗以前在教我們的時候你都沒在聽嗎？」榭汀打量著柯羅，「話說回來，還不錯嘛，小烏鴉學會了新把戲。」

「閉嘴！要說風涼話不如來幫忙！」

「不，我就不用了，我最近才剛保養過指甲。」

「我一定要殺了你你你——！」柯羅幾乎用盡全身力氣及巨大的殺意才將萊特拖出甘露池。

萊特倒在鬆軟的藍色砂土上，像剛出生的小羊一樣找不到腳，好不容易搖搖晃晃地爬起後，他甩甩頭，抬起臉發出驚呼聲：「哇喔！我飄起來了！」

事實上人還站在原地。

「喂！你沒事吧？」柯羅皺起眉頭走過去將萊特拉了起來，萊特卻傻傻地盯著他看，還不停地伸手想捏他的臉。柯羅賞了萊特一巴掌。

「哇啊！還有煙火！」萊特眨著眼，他眼前不斷地有旁人看不到的煙花炸開。

「大概是吸甘露吸茫了，我見過這種症狀，你知道以前有些巫族沒事也會靠吸食甘露獲取愉悅嗎？」榭汀用手支著下巴，他和萊特對上眼，萊特也傻傻地盯著他不動。

幾秒鐘後，萊特忽然咯咯笑了起來，好像看到什麼很好笑的東西一樣，他靠在柯羅身上笑到無法自拔：「你……和榭汀……」

柯羅和榭汀不知道，在萊特眼裡，現在跟他講話的是一隻長得很像柯羅、還穿著柯羅西裝的烏鴉；站在一旁的，還有一隻用手支著下巴、穿著榭汀西裝的藍色貓咪。

「你長了烏鴉嘴……這是真的嗎？」萊特戳著柯羅的鳥嘴，實際上他只是戳到了柯羅的臉頰。

「看來是茫到出現幻覺了，真是值得紀錄。」榭汀挑眉道。

柯羅惡狠狠地瞪著榭汀，意思是要對方「快點把萊特修好」。

「好吧。」榭汀聳了聳肩，轉頭看了眼威廉，威廉正好好地沉在池內，「我們下樓，我看看有沒有藥草可以讓他清醒。」

「貓咪和烏鴉，那我是什麼？」萊特講話還在顛三倒四，他把全身的重量都靠在柯羅身上。

「好、重！」柯羅努力地頂著萊特，但當他們靠近門口時，他開始感覺到地板傾斜起來。

柯羅一開始還以為是錯覺，直到腳步不穩地和萊特一起往門口跌去。

「等等我嘛。」榭汀歪頭，看不懂為什麼柯羅走得這麼急，他人都還沒走到門口，天堂的門開了，幾乎是一路帶著萊特跌撞出去的柯羅，直接把被擋在門後的格雷撞了下去。

榭汀雙手環胸，等了幾秒才跟出門，他一路走下支撐著天堂的大樹，明明柯羅他們才剛滾出去，但他沒聽到碰撞或尖叫的聲音，整個辦公室靜悄悄的。

「人呢？」

榭汀慢慢地下了樹，左右張望，確認沒人之後，他聳了聳肩，帶了幾瓶藥水之後便拿起大衣準備離開。

這時不知道從何處傳來了一道男人的聲音，就像上帝的回音一樣，他說：

「不，我不要這個。」

當榭汀循著聲音轉頭，溫室的門忽然自動打開了，接著格雷就像是被溫室吐出來一樣，整個人從溫室裡飛到了外頭。

「搞什麼？剛剛那到底是怎麼回事？」格雷一臉驚恐地躺在地上，以堅韌著稱的鷹派教士此時咬著嘴唇，一副快哭的模樣，似乎經歷了不小的驚嚇。

「喂。」榭汀走過去，沒有給予同情，他居高臨下地站在格雷身旁，冷冷地提醒對方，「記住，威廉需要在天堂裡待上一天，好好在這裡等他，明天我會再來這裡把他挖出來。還有，雖然不太可能，但如果你有在擔心他的話，不用擔心，等他痊癒之後會光滑得像顆水煮蛋，像以前一樣貌美的。」貓先生笑道，隨後他立刻轉身走人，因為他還有更重要的事要辦。

柯羅還以為他們摔下樹了。然而當他和萊特持續不斷地摔落，他才發現他們不是普通的「摔下樹」而已。

只見他們的頭頂上一扇光明的小門離他們越來越遠，隱隱約約還可以聽到榭汀問了句「人呢」。

「我們在往下掉耶！柯羅！」正面朝下墜落的萊特高舉雙手歡呼著。

「你歡呼個屁啊！要是我們摔成肉泥怎麼辦？」柯羅真的會被活活氣死。

「你不能帶著我們飛起來嗎？用你的翅膀啊！」萊特一臉迷茫地拉著柯羅的衣角，他眼裡的柯羅還是隻烏鴉。

就在柯羅決定在兩人摔死前先掐死萊特時，萊特拉了拉柯羅的大衣，並指著黑暗之中，「天啊！你看到那個東西了嗎？柯羅。」

柯羅朝萊特指的方向看了一眼，他不知道那是不是萊特的幻覺，但黑暗之中確實有東西在蠢動。

「不要過去！」柯羅頭下腳上地抓住漸漸遠離他的萊特，他們像在空中玩花式跳傘一樣不斷旋轉著。

「你看到眼睛了嗎？黑暗裡有很多眼睛。」好不容易，萊特終於抱住了柯羅的脖子。

柯羅半信半疑地丟了一道亮光出去，於此同時，他們下降的速度也加快了。

微弱的亮光勉強照亮了深不見底的空間，柯羅並沒有看見他們究竟在怎麼樣的空間之中，但就如同萊特所說，黑暗裡有好幾隻眼睛，而且無比巨大——全是蜘蛛的眼睛。

柯羅抱緊了萊特，在他們腳下透出了亮光的同時，他看著黑暗裡竄動的東西，然後對空怒吼：「絲蘭你這王八蛋蛋蛋蛋——」

巨大的紫色狼蛛們吐著絲，四面八方地爬向柯羅他們，並且從他們的正上方降了下來，牠長著絨毛的粗大的八肢不斷爬動，數百隻黑漆漆的圓眼珠盯著兩人不放。

萊特縮在柯羅身邊發出了驚呼聲的同時，他們從底下透出亮光的門摔了出去。

咚地一聲，柯羅和萊特一屁股坐到了硬實的座位上，強烈的亮光一下子刺得他們睜不開雙眼。轟隆轟隆的引擎聲傳來，他們顛簸地搖晃著，周遭都是人群交談的細語聲。

等柯羅好不容易適應了光線，他一睜眼，卻發現眼前有好幾雙眼睛都在看著自己和萊特……他們竟然跑到了一輛觀光用的雙層巴士上，周遭正坐著一堆掛著相機、帶著墨鏡的觀光客。

「哇！過個橋就有新客人出現了，兩位客人是從橋上跳下來的嗎？」高亢的女聲傳來，一個體型微胖、穿著鮮豔牧羊女裝的導遊小姐站在最前方，手中的小旗子則繡著「哭嚎山峰觀光團」的字樣。

天殺的他們怎麼會出現在旅行團裡！柯羅的青筋在額頭上狂冒。

「我問你，在前面那是一位女士還是一位穿著牧羊女裝的羊？」萊特偷偷地在柯羅耳邊用所有人都能聽到的聲音詢問。他還在茫，他只看到一隻羊穿著牧羊女裝在說話，還有一群羊觀光客。

「閉上你的狗嘴！」柯羅左右張望，試圖搞清楚他們到底被丟包到了什麼地方，「快查一下我們到底在哪裡！」

「唷呼！看這邊，你們現在正在前往哭嚎山峰的路上唷！」導遊小姐揮舞著小旗子，聲音有宏亮又高亢。

柯羅有點神經衰弱，他身邊的萊特拿出了手機，但不是在查詢他們的位置，而是用手機著迷地看著自己的倒影。

「我看起來像隻長著羊角的獅子，你覺得我會是隻獨角獸嗎？」萊特瞇起眼問道。

「絲蘭！你這王八蛋！到底把我們放到這裡做什麼？」受不了的柯羅站起來對空大吼著，巴士一個轉彎卻把他差點摔下車去。

見狀，導遊小姐氣嘟嘟地走來，一把將柯羅按在座位上，強制替他繫好安全帶。

「這位先生請您坐好，並繫上你的安全帶唷，我們將要開始為您介紹哭嚎山峰的美景和歷史了。」

「我沒有說我要……」

「噓噓噓，安靜，柯羅，羊小姐要說話啦！」萊特一把搭住柯羅的肩，按住他的嘴。

一旦錯過了某個阻止的時機，就很難有機會再阻止事情發生了——

「好的，各位先生女士們，請看向你們的左手邊，看到了嗎？對的，就是那座，那座就是我們的哭嚎山峰。」一座形狀尖銳的山峰矗立在不遠處，從山腳下看去，山峰呈現著奇特的黑色，還有雲霧在上頭繚繞，形成了一種詭異的樣貌。

「那座山居然是粉紅色的……上面還有彩虹耶！柯羅。」萊特卻捧著臉這麼說。

柯羅在這個時間點，忽然體會到了丹鹿平時的心情。

「哭嚎山峰的海拔約三千多公尺，總占地超過三千多平方公里，地形樣貌獨特，有峭壁、瀑布和溪流，有適合資深登山者的險峻山岳，當然也有適合普通觀光客的森林步道……」導遊小姐說個不停。

柯羅從巴士上頭往外望，他正在計算如果現在跳車的話值不值得。

「大家知道為什麼哭嚎山峰叫哭嚎山峰嗎？」導遊小姐問。

「我知道！我知道！」萊特在一群觀光客裡舉著手。

柯羅認真地思考著自己要跳車滾下山坡斷幾根肋骨在甘露池裡躺上幾個禮拜，還是要在這裡繼續聽導遊小姐和萊特說話。

導遊小姐左看看右看看，確認沒其他人舉手後，她忽視了萊特繼續說：

「傳聞在幾百年前，一群女巫為了逃避教士的獵殺，一路逃到了險峻的哭嚎山峰躲藏。但教士們沒有放棄，他們不斷在哭嚎山峰間追獵著逃跑的女巫！」

「教士好恐怖！」教士萊特抱著柯羅嗚嗚咽咽地哭喊。

柯羅安靜了下來，他確實也聽過這個傳聞。在白鴉協約簽訂以前，獵殺女巫是非常興盛的活動，逼迫女巫遷徙至荒郊野嶺，甚至進入森林裡追殺女巫是常有的事。

萊特抱著最後一絲希望詢問導遊小姐：「最後呢？她們最後逃掉了嗎？」

「當然沒有！」導遊小姐帶著燦爛的笑容給了萊特令人失望的答案，她像在嚇唬孩子一樣地嚇唬著車上的觀光客們，「最後教士一個一個追捕到了這些女巫，從山腳下一路追到山峰上。他們連夜對女巫進行了一場殘忍的異端審判，在女巫們哭求著認罪後，再將她們一一吊在大樹上，以烈火焚燒她們的身體！

「女巫們就這麼吊在吊繩上接受烈焰的淨化，哭嚎尖叫了一整夜，直到整座山峰都被燃燒成了黑色為止。」導遊小姐生動活潑地演繹著女巫們痛苦掙扎的畫面。

「但是被施以絞刑還能尖叫嗎？」一名觀光客舉手詢問。

導遊小姐再度忽視，又開始張牙舞爪，恫嚇著她的客人們：「據說，如果你半夜獨自走在哭嚎山峰上，都還能聽到女巫們被焚燒時的哭嚎聲，而且一旦你聽到了哭嚎聲，就會被她們帶走，再也回不到現世。」

「如果一聽到哭嚎聲就會被帶走，那出來說會聽到哭嚎聲的人為什麼沒被帶走？」那名觀光客再度詢問。

導遊小姐用很冷的眼神看著那位觀光客，直到另一名觀光客舉手：「聽說最近附近常常發生奇怪的意外，會不會和這個傳聞有關啊？」

「終於有人問到重點了，最近哭嚎山峰確實很常發生奇怪的事件，聽說有一群人在登山後失去聯繫，最近屍體接連被發現了，死狀都相當奇怪。」導遊小姐繼續張牙舞爪，「說不定他們就是在登山時聽到了女巫們的哭嚎聲，然後……」

「但我聽說他們會失蹤，是因為被奇怪的東西跟上了。」觀光客又舉手。

「什麼奇怪的東西？」萊特想要去搭訕對方，但被柯羅抓了回來。

「像是皮行者或大腳怪之類的……」對方神祕兮兮地說著。

「聽著！哭嚎山峰上有很多奇怪的東西，不管你想看的是女巫鬼魂、皮行者或是大腳怪，應有盡有，跟著我們的旅行團一路上山，你一定會見到你想見的神祕事物。」導遊小姐也神祕兮兮地回應著，讓所有人的注意力重新回到她身上。

「不過在這之前，有一件很重要的事情需要大家配合……」

此時，巴士停在路邊，導遊小姐也安靜下來，保留了一點懸念，在確定大家都注意到她後，她宣布：「接下來我們將先進入休息站休息一會兒再繼續我們的哭嚎山峰神祕之旅，大家記得下車前要留下小費唷！」

看著導遊小姐伸出的手，柯羅大翻了個白眼，早知道就該跳車的。

「別開玩笑了！我們又不是自願要來這裡的，誰要付妳小費啊！」一怒之下，柯羅拽著萊特拚命地從乖乖付費的觀光客群中擠出。

「使用者就該付費唷！」但導遊小姐也維持著她開朗的語氣，然後氣勢洶洶地追了上來，比他們辦過案件裡遇過的使魔還恐怖。

「給羊小姐嘛！柯羅，人家講得很認真耶……」萊特把手伸進柯羅口袋裏掏呀掏的，把他的錢包和鈔票掏了出來，然後給了導遊小姐豐厚的小費。

「要用就用你自己的錢！」柯羅抓著萊特要把錢討回來的時候，推擠間，他們從雙層巴士的階梯往門外摔了出去。

門外亮光一閃，柯羅忽然有種很不好的預感。

果然，當柯羅拽著萊特做好心理準備要掉到馬路上時，卻發現他們並沒有摔在柏油路上，而是摔在堅硬又傾斜的漆黑石壁上，周遭的車聲和人聲都消失了，只剩風聲呼嘯。

柯羅和萊特狼狽地趴著，冷風吹亂了他們的頭髮，兩人張大眼往下一望，遠離了山腳下，他們竟不知何時來到了哭嚎山峰險峻的峭壁之上。

「絲蘭蘭蘭蘭！」柯羅再度發出了怒吼聲。

CHAPTER 4

惡作劇

柯羅的怒吼讓他和萊特一時沒有抓穩，跟著碎石一起沿著山壁滑落下去。

慌亂中他一把扯住了萊特的後領，讓他們的影子貼合在一起，並緊緊地嵌入山壁上的石縫，將他們固定住。

好不容易，他們終於停止了滑落。

「我們飛起來了嗎？」萊特垂掛在山壁上，像小朋友一樣滿臉驚喜地張望四周。

「不，我們只是又中了絲蘭的巫術。」柯羅用力地把萊特拉起，再用影子包裹住他加以固定，等確認他們不會再往下滑落後，他的怒氣開始往上衝，「絲蘭！你這王八蛋到底有什麼毛病啊？你以為這樣很好玩嗎？」

柯羅不停地咒罵著絲蘭，山壁上卻一陣靜悄悄的，無人回話。

萊特原本還乖乖地待在柯羅的影子中，但他忽然注意到了山壁上的東西。在甘露的影響下，萊特所看到的山壁是彩色的，而這面彩色山壁上有一灘粉色的東西被抹在上頭。

「有人把草莓冰淇淋灑翻在這裡了。」萊特指著那坨粉紅色的東西說。

原本還在咒罵絲蘭的柯羅順著萊特指的方向望去，瞬間噤了聲。山壁上的那根本不是什麼草莓冰淇淋，甘露似乎把萊特眼裡的東西全都美化了，在柯羅的眼裡，山壁上的東西像一坨肉塊。

那東西黏在陡峭的山壁上，往上一看，會發現它拖著一條長長的、因為乾涸而變成黑紅色的血痕，像是有人曾經把這個東西抹在山壁上玩一樣。黏在山壁上的肉塊幾乎看不出本來的形狀，但從參雜其中的毛髮、破爛的登山裝以及一隻黏連在上面、還穿著髒球鞋的斷腿可以猜測，那原本應該是個人。

柯羅狠狠地打了個冷顫。

「那可不是什麼草莓冰淇淋。」

柯羅他們四周忽然響起了一道低沉的男人聲音，既像是從天上傳來，又像是從他們耳邊傳來。

「天啊，是上帝嗎？」萊特抬頭張望，峰頂上卻只有寒冷的霧氣而已。

「才不是什麼上帝！」柯羅惡狠狠地瞪著上空，他咬牙說道，「是絲蘭那傢伙。」

環繞在周遭的男聲發出了笑聲，接著他說：「在你們面前的這位是喬艾爾，三十四歲，一位愛好攀岩的登山好手。他曾經不止一次登上哭嚎山峰的山頂，這次已經是他第七次登山了。」

「你告訴我們這些到底要做什麼？」柯羅的視線刻意避開了連屍體形狀都難以辨識的「喬艾爾」。

對方沒有理會柯羅的質問，他只是繼續像故事旁白一樣平靜地敘述：「喬艾爾在幾天前登山的時候失蹤了，人們最後一次看到他是在一般人也能輕易踏足的登山步道上。一個目擊者說，她最後看到喬艾爾時，他正在登山步道上跟一個長相和行為奇怪的男人對話。

「大家花了好多時間去找他，但是怎麼搜山就是沒看到人影。直到幾天後，有人意外發現山壁上這一坨『草莓冰淇淋』，雖然被拍扁搓揉在山壁上，辨認不出形體了，但看到那隻裸露在外面的斷腳了嗎？它恰好穿著喬艾爾失蹤時的鞋子呢。」

那聲音聽似平靜，卻隱隱帶著一絲愉快，接著他像想到了什麼很好笑的事情一樣輕哼了幾聲。

「警方怎麼樣都無法解釋喬艾爾怎麼徒手攀上這麼險峻的山壁的，他失蹤時甚至沒有帶上他的登山用具。就算是他真的爬上去，最後又不小心摔了下來，也沒辦法解釋他怎麼能摔成這樣，簡直像是被卡車撞過似的……你們知道嗎？他們現在還無法好好地把喬艾爾的屍體從山壁上取下。」

「不要再鬧了，絲蘭！我警告你，快點帶我們回黑萊塔！」柯羅搥著山壁，他已經受夠了絲蘭的捉弄。

「你不好奇喬艾爾都遇到了什麼東西、什麼事嗎？」

「這到底關我什麼……」

柯羅話還沒說完，一道巨大的蜘蛛陰影從山峰上落下，那道陰影遮蓋住了柯羅和萊特黏合在一起的影子，讓他們的影子頓時消失。

失去了影子的支撐力，柯羅和萊特再次往下掉落。

柯羅下意識地抱緊了萊特，準備迎接巨大的撞擊時，他們又掉進了亮光之中，最後掉在一片平坦而空曠的柏油路上。

「喔……我的天啊，我開始有點想吐了。」萊特躺在地上呻吟。

「我、一、定、要、殺、了、那、傢、伙！」柯羅咬牙切齒地從地上爬起。他們的撞擊力道被減緩了，但無緣無故掉落在柏油路上還是讓人超級不爽。

柯羅爬起身，一邊拉起地上的萊特，他拍掉他們兩人身上的碎石，抬頭一看，發現他們又從山壁上被轉移到山腳下的某個區域內了。

他們周遭圍著稀疏的大樹，還有幾間關上門的小店鋪。

哭嚎山峰遊客中心——那幾家店鋪上是這麼寫的。

只不過現在附近完全沒有觀光客，周遭一片安靜，還被封鎖線圍了起來，並貼著禁止進入的標誌。

「嘿！地上有塗鴉！」當萊特指著地上這麼說的時候，柯羅就覺得不妙了

柏油地上有三個猩紅的圓圈，圓圈裡混雜著些許肉沫。

「那是老唐納，六十五歲的慈祥祖父，他帶著孫女來哭嚎山峰玩的時候，在這個地方和孫女一起失蹤。」不顧柯羅的意願，空中的聲音又介紹起來，「其他家人說他們本來走在遊客中心附近，才幾秒鐘沒注意，一轉眼，老唐納和孫女竟然就不見蹤影。

「經過了好幾日搜索，救難隊員在幾十公里外的森林裡找到了老先生的帽子、在高聳的山峰上找到了他的枴杖、又在瀑布底下找到了他的衣服，但就是沒找到祖孫倆的明確下落。這期間，曾經有人指稱在樹林間看見老先生赤裸著雙腳、一臉恍惚地跟著一個穿著登山裝的奇怪男人，男人手裡則牽著他的孫女。」

柯羅瞇起眼，他不理睬絲蘭的話，拉著萊特遠離那三個血腥的圓圈，但每

當他們越過封鎖線，又會再度回到原地。

「真奇怪，不是嗎？」天空中的聲音響著，任憑柯羅帶著萊特一次又一次的越過封鎖線，一次又一次地回到原地。

「該死的！」第七次回到那三個血腥圓圈旁時柯羅大聲咒罵著。

「但是在最近，事情忽然有了全新的進展，大家終於找到了老唐納的下落，他的出現是這麼忽然……」空中的聲音帶著笑意，像在說一件有趣的事，「誰能想到有一天，老唐納就這麼在原本失蹤的地方出現了！他從天上掉下來，摔成了一大坨圓型肉泥，人們還說他們親眼見證到那坨肉泥摔下來後，像青蛙一樣試圖往前跳了兩下，最後才造成地上的三個圓圈。」

柯羅和萊特盯著地上那三個血腥的圓圈。

「你知道他們要將老唐納的屍體和肉塊移走時還必須用鏟子來鏟嗎？因為他就像塊黏在煎鍋上的漢堡肉，然而他們卻說他掉下來後竟然還能跳動……」

「孫女呢？他們找到了孫女嗎？」萊特抬頭詢問，他緊緊握著柯羅的手，柯羅不確定教士到底是清醒了還是沒清醒。

「不，他們還沒找到那女孩。」

「別淌渾水，萊特！」柯羅搖頭，再度拉著萊特準備離開。他發誓，絲蘭要是敢再讓他們回到封鎖線內一次，他真的會不計代價地找對方算帳，就算要他把蝕請出來也無所謂。

而終於，這次柯羅踏出了封鎖線，他在心裡哈的一聲，拉著萊特一路奔跑，打算直接遠離步道，然而這次當他帶著萊特跨越了入口處時，相同情形再度發生。

他們再度被轉移到了哭嚎山峰中的某處，四周都是高大樹林，而即將落下的夕陽讓整個林地變得昏黃而寧靜，連一點點的蟲鳴鳥叫聲都沒有。

在他們面前，一個倒塌的空心樹幹靜靜地矗立著，周圍同樣圍著封鎖線。

「在你們面前的，是最後被找到的兩位失蹤者，羅德和他的好朋友杰森。」一直糾纏著他們的聲音再度響起，他用毫無情感的語氣說道，「羅德、杰森以及他的女友瑪雅開著車一路來到哭嚎山峰郊遊，他們甚至連登頂的打算也沒有，只是想來找個地方隨意的郊遊野餐。」

柯羅下意識地往後退，萊特卻走上前，在他眼裡，前方矗立著粉紅色的樹幹，看起來如夢似幻。

那個聲音繼續說：「幾個目擊者說他們曾經在通往哭嚎山峰的道路上看到羅德他們將車停在馬路邊，一個穿著登山裝卻又搭配著一雙皮鞋的怪異男人正在和他們搭話，看上去可能是迷路了正在尋求協助，所以沒有太在意……

「幾天後，人們卻發現羅德他們的車依然停在那個道路旁邊，鑰匙沒拔，連野餐的用具都還放在車上，人卻這麼忽然消失了，大家才意識到不對勁。他們的家人匆忙報警，出動了警方和救難隊員搜索和尋找，然而過了快一個月，羅德他們就像人間蒸發了一樣，遍尋不著——直到今天早上。」

萊特緩緩探出頭，往樹幹裡看。

「距離羅德他們的車停置的道路有幾十公里遠的山腰上，幾個登山客路過這裡時，發現了一棵倒塌的空心樹幹，他們只是好奇所以探頭看看，結果你猜猜他們發現了什麼？」

「呃……兩隻兔子？」萊特這麼說，因為他在空心的粉紅色樹幹裡看見了兩隻毛茸茸，交疊推擠在一起的白兔，牠們看起來陷入了沉睡。

「不，他們發現了羅德和杰森。」

柯羅將萊特拉往身後，他擰著眉頭，自己探頭看了眼空心樹幹內的東西。兩個年輕的男性遺體赤裸交疊著擠在樹幹裡，臨終前的表情看起來相當驚恐。

「屍體還非常新鮮，相驗的警方說，這樹幹連容納一人都有問題，不知道他們是怎麼把自己塞進樹幹裡的。但總之，他們把自己塞進了樹幹之後應該還活著，所以曾經拚命掙扎著要逃出來，只是他們被完全卡死了，最後只能待在這狹小的空間窒息而死。」

「瑪雅呢？」萊特又問。

「一樣還沒找到。」天空上的聲音說，「男人都死了，女人和小孩依然失蹤，像是被什麼東西藏起來了，這聽起來有沒有很熟悉？」

此時的天色已經完全暗了下來，柯羅盯著空樹幹內兩具被陰影覆蓋的遺體，黑暗之中，他彷彿見到了他們睜開眼，死死地盯著他看，像是在怪罪他什麼一樣。

柯羅冒著冷汗，直到萊特伸手遮住他的眼睛。

「我不知道你看到了什麼，但不要再看了，你看起來很不好……」萊特說。

「我沒事！」柯羅拍開了萊特的手，他背過身去，隨手在一片黑暗之中點亮浮空的燭光。

「嗯……還真有氣氛，柯羅。」迴盪在空中的聲音發出了笑聲。

柯羅在手在口袋內撈起了他攜帶的口紅，他低聲對著空中警告：「絲蘭，我勸你最好趕快停止你的惡作劇，不然別怪我對你不客氣了！」

「喔？你要怎樣對我不客氣呢？」那聲音的語氣裡充滿挑釁，「小烏鴉只能控制光影，不像你的母親、你的兄長和你的小妹。」

「閉嘴！」柯羅的情緒有些激動。

「還是你並不是打算親自對付我，而是想搬出你肚子裡的東西當救兵？」

那聲音笑了起來。

柯羅默不作聲，他的手指不斷地在口袋裡把玩著口紅，在他準備打開口紅蓋之際，萊特伸手按住了他的手，對他搖了搖頭。

「不要生氣，讓我來對付他。」萊特一臉正經八百，小聲地在柯羅耳邊說。

「你要怎麼對付一個老怪物？」柯羅低吼著。

萊特卻伸出了食指要他先安靜，再拿出手機在上頭快速按了幾下，傳送訊息給某人。

「說啊，柯羅……」空中的聲音還在自顧自地說著，「你是不是想……」

幾秒後，空中忽然出現了砰的一聲，然後是咚咚咚的腳步聲，接著竟然出現了另外一道女聲：「絲蘭先生！你到底在對學弟他們做什麼啊？」

「麥子！」

「我請你幫我把學弟他們帶來，他卻說你把他們丟來丟去的，害他快吐了！」女聲又急又氣。

「我沒有……」

「那他們現在在哪裡？」

一陣沉默。

「絲蘭先生！」

「他們現在已經在哭嚎山峰上了，在妳出門的時候我先帶他們去『觀光』了一下，還帶他們做過個案的實地探訪……」

「不管啦！學弟他們現在在哪裡？你快把他們帶過來……啊！這裡又是哪裡啊？」

迴盪在空中的爭吵持續了好一陣子，柯羅看向萊特，金髮教士雙頰圪紅，臉上還帶著傻笑，他的手機上顯示著卡麥兒的名字，看來他剛剛跟某人告了狀。

吵了一陣子之後，迴盪在空中的聲音終於停了下來，不遠處閃起了亮亮的白光。

「我們走吧。」萊特伸出了手。

柯羅握著口紅的手在口袋裡猶豫了一會兒，最後他抽出手來，沒握住萊特的手，反而一把拎住萊特的前襟，拉著對方往亮光走。

柯羅心想，如果他們接下來又要掉到另一個懸崖旁，還是由他抓著整個人還在嗨的金髮教士會比較安全。他嘟著嘴，半信半疑地穿越封鎖線，將萊特帶進了亮光中。

卡麥兒雙手環胸，賭氣地站在某人的廚房裡，看著坐在鋪著碎花蕾絲桌巾的餐桌旁的絲蘭，他面前還有個標示著溫蒂這個名字的茶杯。

溫蒂又是哪位？

卡麥兒一頭霧水，她原本正坐在黑萊塔的辦公室內，好不容易鼓起勇氣準備好好查閱這次案件的所有資訊，並準備請絲蘭再帶她到哭嚎山峰附近的警局詢問這次案件狀況時，她一抬頭，卻發現她的男巫早就不在辦公室了。

一開始，卡麥兒還以為絲蘭是去幫她將萊特還有柯羅接過來辦公室會合。

絲蘭向大學長提出了要求，讓萊特和柯羅作為的他們的支援，大學長一開始看上去還有點猶豫，不斷地警告著他們。

「萊特和柯羅這兩個人可能會帶來壞運喔！」

「如果因為他們斷手斷腳或信用卡被盜刷這樣沒問題嗎？」

「他們真的很帶賽喔！」

但絲蘭相當堅持。

卡麥兒並沒有意見，雖然她認為她和絲蘭可以獨立解決每次的案件，但和萊特合作並不壞，她一直都挺喜歡這個古怪的學弟的。而且如果絲蘭先生這麼堅持，一定有他的理由吧？卡麥兒是這麼想的，她向來非常信任她的男巫。

「不過你要去幫我接他們過來喔！」她只是提出了這樣的要求。

所以卡麥兒以為絲蘭不在是為了替她將學弟他們接來辦公室集合，於是她還細心地做好了這回哭嚎山峰案的相關資料整理，打算快速地替學弟和柯羅做一下功課。

然而在她一個人呆呆地在辦公室等了半小時後，卡麥兒卻收到了來自「妳最愛的小達人L特(*▽*)」的簡訊，內容則是寫著：「學姐！救命！絲蘭把我和柯羅在山間丟來丟去的，救命！還有我快吐了，可以幫我帶嘔吐袋之類的來嗎？」

只是請絲蘭去帶個學弟，怎麼會搞成這樣？在收到萊特的消息後，卡麥兒馬上就帶上了裝備和哭嚎山峰的文件準備出發去找絲蘭對質，雖然她完全沒有概念要上哪找人，但她依然沒有遲疑地就打開離她最近的門外出。

因為絲蘭曾經答應過她，無論他在哪裡，只要她想找他，他一定會讓她找到。然而當卡麥兒打開了那扇門後，門卻自動自發地將她帶來了他們現在所處的位置——某人的廚房裡。

「這裡到底是哪裡？」在和絲蘭一來一往對質過之後，氣嘟嘟的卡麥兒環顧四周，他們似乎在一個很普通很平常的平房內。

「我待會兒會和妳解釋的，坐下。」在被卡麥兒一陣碎念後，絲蘭依舊表現得像是握有主導權的那個人一樣。

「那學弟呢？先把他們還來。」卡麥兒依然抱著胸，討價還價。

絲蘭瞪了他的教士一眼，兩人沉默下來，直到絲蘭先讓步：「妳先坐下來，我就把他們帶來。」

卡麥兒瞇起眼，最後買了帳，她坐到絲蘭身邊，然後執拗地盯著對方，彷彿希望他直接把萊特他們從懷裡掏出來一樣。

當然，絲蘭不可能從懷裡掏出兩個大男人，他只是用自己隨身攜帶的手杖敲了下地板後，距離他們幾步之遙的廁所裡忽然發出了巨大撞擊聲。

接著，兩個人的哀號聲和痛呼聲紛紛響起。

卡麥兒好奇地盯著廁所看，沒過多久，走路搖來晃去的萊特和怒氣沖沖的柯羅從廁所裡走了出來。

「學弟你們……」卡麥兒驚訝地用雙手摀住了嘴，然後流露出欣慰的表情，「你們終於感情好到可以一起上廁所了嗎？」

「我們才沒有一起上廁所！是妳旁邊那傢伙把我們丟來這裡的！」柯羅一臉凶惡地瞪著卡麥兒身旁的絲蘭，要不是他身上還掛著個萊特，他一定會衝上去撕爛那個故作優雅的男人。

「學姐！」萊特像看到主人的狗，一見到卡麥兒他眼睛都亮了，然後他指著她咯咯地笑了起來，「妳看起來像頭超巨大又強壯的獅子！」

「蛤？」

「妳旁邊有隻超大的蜘蛛耶——哇喔喔喔喔嘔嘔嘔！」萊特指著絲蘭，接著他很沒禮貌地乾嘔了聲。

絲蘭皺眉，他身旁的卡麥兒也跟著皺眉。

「學弟怎麼了？你來之前喝酒了嗎？為什麼喝酒都不找我？」卡麥兒問個不停。

「不，不是酒啦，是……嘔！」萊特揮揮手，整個人像沒有骨頭似地靠在柯羅身上，像準備吐毛球的貓，不斷地乾嘔。

柯羅不得不把萊特從身上卸下來，放到絲蘭對面的椅子上。

「是天堂的甘露，我吸太多了。」萊特遮著嘴，他的臉色從一開始的紅潤變得越來越難看。

「甘露？暹貓家種出來的甘露嗎？」絲蘭挑眉，他眼帶笑意地盯著萊特不放，「我聽說過那玩意兒，不過我以為那對普通人來說作用不大。」

柯羅不喜歡絲蘭此刻的眼神。

「那是什麼？」卡麥兒靠近絲蘭小聲詢問。

「每任暹貓家的女巫和男巫都能種植出的良藥，他們通常拿來治癒各種疾病傷害，連瀕死之人都可以救回，是種效用很大的魔植物，他們時常用來治療巫族同胞。」絲蘭解釋著，他的視線沒有離開萊特，「但如果巫族是在健康的狀況下吸食，那將會產生一種極度放鬆、致幻而上癮的快感。」

這就是為什麼萊特從頭到尾看到的東西都與柯羅看到的不同。

「聽起來是個很不妙的東西，是不是就像貓咪之於木天蓼那樣？如果我拿一大把甘露去撒，你們巫族就會像貓咪一樣跑去上面翻滾露肚子？」卡麥兒很認真地思考著那個畫面。

「不，不是這麼運作的。」絲蘭瞪了他的教士一眼，他知道她此刻腦袋裡在描繪著什麼畫面，「總之，那通常只對巫族有效，對一般人來說頂多會產生舌頭發麻和嗜睡症狀而已。」

「像你的白茶葉那樣？」

「白茶葉？」聞言，柯羅哼的一聲笑了，他像是抓到了絲蘭的小把柄，「你不會是還在食用白鴉樹葉吧？那可是比甘露更糟的東西。」

「白茶葉是白鴉樹葉嗎？」卡麥兒瞪著絲蘭大喊了聲。

白鴉樹是女巫們的代表樹，據傳食用白鴉樹葉可以增加力量，但同樣有著嚴重的上癮症狀和後遺症。從前曾經有教士利用白鴉葉來控制女巫，所以現在白鴉葉成了禁用的一種草葉。

「不，我說過，那只是一種我從榭汀那裡要來的茶葉而已，提神醒腦用的，不信妳可以自己去問問他。」絲蘭面不改色地說著，他將視線放到了柯羅身上。

「是嗎？」柯羅的態度很挑釁。

一旁的萊特用手掌不停揉著臉，他理當加入這場外人看起來一頭霧水的男巫對話，但他現在覺得非常的不舒服，像嚴重的宿醉一樣。

「好了，都閉上嘴，現在有更要緊的正事要辦，其他事都等之後再處理。」卡麥兒在這時打斷了男巫們的對話，跳出來進行他們獅派教士所謂的SOP。

萊特有點感激看著他們這位此刻看起來像一頭強壯巨獅穿著裙裝教士袍的

學姐，學姐雖然有點大而化之，還是相當可靠的。

「學弟，因為哭嚎山峰的案子必須盡快處理，所以我們想請你們協助辦案，大學長也已經同意了。」卡麥兒正色，看著萊特和柯羅。

「這就是你們把我們綁架過來的原因？」柯羅還在氣頭上。

卡麥兒沉默著，她一雙大眼盯著柯羅看，直到柯羅耳朵和臉頰都被看紅了之後，她才故作嬌羞憨傻地說了一句：「抱歉啦！下次我會先通知的。」

這話如果是別人說的，柯羅八成早就翻臉了，但他現在只是滿臉通紅，很氣又不敢發作的模樣。

這大概是學姐的某種魔法，萊特心想。

「總之，我這邊整理了一些案情，希望你們可以先看看……」卡麥兒從她的行囊內拿出哭嚎山峰案的相關文件，直接從餐桌上遞到了萊特面前。

萊特一看，那些照片上的血腥竟然在他眼裡開始顯現。

「嘔嘔嘔——」萊特滿臉鐵青地遮著嘴，看來是甘露的效用正逐漸退去。

「我們不用這些了。」柯羅把卡麥兒辛辛苦苦做好的文件推了回去，他瞪著絲蘭，「剛剛已經有人強迫我們吸收了所有資訊。」

絲蘭看起來一臉得意，很討人厭。

「好吧……」卡麥兒有些可惜地將她的文件收回，然後一臉不解地看向絲蘭，「那我們現在在這裡做什麼？」

「你們不知道自己在這裡幹什麼嗎？」柯羅簡直不敢置信。

卡麥兒聳了聳肩，一臉無辜地看向絲蘭。

「還記得每個目擊到失蹤者的人都有提過一件事嗎？他們說看到了一個奇怪的男人。」絲蘭用手杖敲了敲地板。

「我記得，但每個目擊者被詢問到那個男人長什麼樣子的時候，他們又總是說記不清楚。」卡麥兒點點頭，這也是為什麼她想讓絲蘭帶他去哭嚎山峰的警局一趟的原因，「如果可以，我想請當地的警方幫我們找到那些目擊者，再問清楚一次。」

「別麻煩了，我們就跳過警察那部分吧？」絲蘭說。

「什麼意思？」卡麥兒話音剛落，屋內忽然傳來了一陣開門和鑰匙碰撞的聲音。

一個年輕的女人抱著一大包紙袋，一面哼歌一面進到屋內，她進客廳時都還沒發現坐在她廚房內的一伙人，直到她從紙袋拿了顆蘋果出來咬為止。

女人嘴裡含著蘋果和絲蘭他們對上了視線，接著開始驚嚇地尖叫起來。

「嘔——」萊特則在聽到尖叫後，再也無法忍受不適地吐了出來。

CHAPTER 5

哭嚎山峰

溫蒂那天純粹只是想找個地方散散心，而鄰近靈郡的觀光勝地哭嚎山峰似乎是個非常好的選擇。於是她簡單收拾了行囊，搭車前往哭嚎山峰準備來場隨興的登山之旅。

由於行程很隨意，溫蒂在去到哭嚎山峰之前並沒有做太多功課，她原本也只打算在平易近人的登山步道附近走走而已，所以並沒有料到自己會攪和進這種事情。

行程當天，溫蒂還記得哭嚎山峰的天氣相當晴朗，她在登山步道上行走著，周遭也有三三兩兩的遊客，以及和她一樣獨自行動的登山客。

然而就在她步行到一半時，一個男人忽然從反方向走了過來，他似乎是從山上下來的。

溫蒂一開始會注意到那個男人，是因為對方的穿著很奇怪，他在登山區裡穿著一件西裝和不合腳的球鞋。而且當男人走下山時，雲朵開始遮蓋住陽光，陰影一路從山上來到了山下，氣溫也在瞬間驟降，這讓溫蒂感到非常的不舒服。

男人直直地走向溫蒂，溫蒂原本想繞路行走，但她發現男人正遮著臉，一路發出悲傷的哭嚎聲，這讓她的同情心犯了。

最後溫蒂停了下來，並讓男人走到她面前和她搭話。

現在回想起來，溫蒂還是很後悔自己做了這個決定——因為當男人走到她面前，她發現男人並沒有在哭，而是在微笑。

陌生的男人一開口就自說自話了一堆東西，奇怪的是，溫蒂並不記內容是什麼，她也不記得男人的長相和聲音，只記得他似乎提到了他自己的過往，好像跟他的藝術作品有關？

總之，溫蒂對那段記憶相當模糊，她只記得他的笑容令她毛骨悚然，還開口問了她一個很奇怪的問題：「我忘記去山上的方向了，妳可以帶我去嗎？」

問題是，男人剛剛不就是從山上的方向走下來的嗎？

溫蒂本想拒絕，她謊稱她和別人有約，但男人卻像沒聽懂她的話，不斷詢問她：「我忘記怎麼走去山上了，妳能帶我去嗎？我會非常感謝妳的。」

說也奇怪，當男人越是苦苦詢問，原本應該越是反感的溫蒂心裡卻忽然冒出了一個念頭：妳應該帶他上去。

他們僵持了一會兒，就在溫蒂恍惚間，準備答應時，另一個登山客走上前。

「迷路了嗎？我對這裡很熟，我可以帶你去你想去的地方。」那是個年輕的登山客，穿著一身完備的登山裝和登山鞋。

那個穿西裝的男人在登山客主動提出幫忙後，他看向溫蒂，又問了一次：「我忘記去山上的路怎麼走了，妳能帶我去嗎？我會非常感謝妳的。」

這時的溫蒂就像忽然清醒了一樣，陌生的男人讓她感到詭異，她一臉無奈地看向前來幫忙的登山客，只說了句：「抱歉，我對這裡不是很熟……」

那名熱心的登山客對她抱以微笑，似乎也理解她的苦衷，於是年輕的登山客又對那名奇怪的陌生男人說：「跟我來吧，我帶你去尋求幫助。」

有人願意幫忙當然是最理想不過的事，溫蒂最後感激地對那名熱心的登山客點點頭，然後就急著離開了。她還記得她離開前那名陌生的男人還是一直盯著她看，讓她非常不舒服。

這件事後來就這麼過去了，沒什麼稀奇的，但那個陌生的奇怪男人倒是讓溫蒂決定近期之內不再踏足哭嚎山峰。

大約幾個禮拜後，在溫蒂都快忘了哭嚎山峰上的這件事時，她卻在電視新聞上看到了那名熱心的登山客。

那名登山客的名字叫喬艾爾。

報導上顯示喬艾爾在哭嚎山峰上失蹤了，就在溫蒂去哭嚎山峰的當天。

溫蒂並不確定這是不是巧合，但越想越不對勁的她最後決定打電話去警局，告訴他們有關於她看到了奇怪的男人的這件事。然而由於她始終描繪不出男人的明確樣貌，最後警方並沒有當作一回事……直到他們最近在某個高聳的山壁發現了喬艾爾的屍體。

報導上說喬艾爾可能是墜谷身亡，可是他的死狀實在太過悽慘，溫蒂直覺事情並不是像新聞報導上講得這麼簡單，而且可能和她當天遇到的那個陌生男人有關。

警方這次找上門來詢問了溫蒂遇到喬艾爾的詳細過程，雖然溫蒂不斷地想好好地描繪出那個陌生男人的樣貌，但無論她怎麼想，她發現自己對那個陌生男人的印象都是模糊的。

這件事也讓她不斷地在思考，如果當天不是喬艾爾介入，在山壁上被壓成肉泥的人會不會是自己？

這個想法讓溫蒂感到恐懼，在接受了警方徒勞無功的詢問後，她原本打算不再去回想整個事件，讓自己回歸正常生活。

才剛這麼決定好，溫蒂回家卻看到兩名教士和兩名男巫就這麼唐突地坐在自己的客廳裡——

「各位，這位是溫蒂，其中一名說看到了奇怪男人的目擊者。」紫髮的男巫先是介紹，隨後很沒禮貌地不斷對著她彈手指，「好了，溫蒂，不要再叫了。」

「絲蘭先生！我們到底在哪裡？你是不是又帶我們私闖民宅了？」他身旁的女性教士則是一臉崩潰地對著他吼。

「嘔嘔嘔嘔——」而坐在他們對面的另一名金髮教士正在她的餐桌上大吐特吐，吐出了一堆……彩虹色的嘔吐物？

「你髒死了！別噴到我！」另一名黑髮男巫手忙腳亂地在處理金髮教士製造出來的髒亂。

溫蒂一邊尖叫著一邊打算報警，結果那名紫髮的男巫將手杖往地板一叩，她身後忽然傳來了窸窸窣窣的爬行聲。

當溫蒂一轉頭，一群長著大肚子，八隻腳細細長長的紫色蜘蛛就像大軍一樣，從她家裡的四面八方爬向了她。

溫蒂被嚇得再次放聲尖叫，這引來了紫髮男巫的不滿，他喝斥了聲：「孩子們！讓她閉嘴！」接著幾隻蜘蛛便開始面向她，朝她吐出了大量的蜘蛛絲，將她的嘴巴封上，更將她的身體團團捆起。

「絲蘭先生！你不能這樣對待一般平民，我會被投訴的！」在溫蒂嚇得快窒息時，女教士還在崩潰地對紫髮男巫大喊，但紫髮男巫似乎不當一回事。

「放心，我只是要向溫蒂取得一些資訊，等我拿到了我們要的資訊，我會讓她忘記這件事的。」紫髮男巫說。

「不是這個問題吧？」

溫蒂流著恐懼的淚水被蜘蛛爬滿全身，她甚至覺得有些蜘蛛鑽進了她的耳朵內。

而此時另一名金髮教士打了個嗝，終於停止嘔吐，他一臉無辜地看著在場的其他人，以及被成千上萬群的蜘蛛抬上椅子固定的溫蒂，傻傻地問了句：

「抱歉，我們現在進行到哪裡了？」

萊特用繡著溫蒂名字的毛巾擦了擦臉，他的思緒才逐漸清晰起來。剛剛的他就像經歷了一場奇幻夢遊，整個世界都長得不一樣了。

萊特從廁所內走出，他看了站在餐桌旁的柯羅一眼，確認對方不再是長得像烏鴉的柯羅。

「你醒了沒？」柯羅瞪了萊特一眼。

「應該是的。」萊特點點頭，他看向自己製造的狼藉，桌上一片彩虹般的液體，「除非只有我眼中的嘔吐物像彩虹。」

「甘露的副作用。」柯羅聳肩。

「所以如果我之後去上廁所，馬桶裡的東西也會是彩虹嗎？」萊特太好奇了。

「如果你吐出來的是，那你拉出來的應該也……」卡麥兒忍不住插話。

就在教士們熱烈的討論起彩虹排泄物前，被蜘蛛網綁在椅子上的溫蒂開始哭叫起來：「拜託放我走！我什麼都沒做，求求你們饒了我！」

「安靜，溫蒂，我再說最後一次。」站在溫蒂面前的絲蘭冷冷地說，蜘蛛們不斷地淹沒她的臉。

「絲蘭先生，不要這麼凶，畢竟先闖進人家家裡的是我們！」卡麥兒出聲制止，她拉開絲蘭，一臉不好意思地安撫著無辜的溫蒂，「不要緊張，我們只是想來問一些有關於哭嚎山峰的問題，問完就會離開。」

「還有抱歉弄髒了妳的餐桌。」萊特跟著道歉。

「我什麼都不知道，你們問我也沒用啊！」溫蒂哭得眼淚鼻涕直流，她哽咽著：「我能說的我都已經跟警察說了，我不知道發生了什麼事，我也不記得我說話的陌生男人到底長什麼樣子，也許一切都只是我記錯了呢？」

「不，妳沒有記錯，我相信那裡應該真的有什麼東西。」絲蘭說。

「但我真的不記得。」溫蒂哭到沒聲音了。

「她真的不記得。」卡麥兒同情地輕拍了拍溫蒂的肩膀，蜘蛛們很有默契地在她伸手時散開來。

「那麼我們就讓她記起來。」絲蘭說，他下頷一抬，蜘蛛們開始拖拉著溫蒂將她一路拉到餐桌前。

萊特眼睜睜地看著一群蜘蛛湧上餐桌，將上面的「彩虹」全部清掃完畢……也就是全部吞下肚去，這讓他再度感到有些反胃。

「甘露副作用的產物，狼蛛們的愛好。」柯羅挑眉，壞心眼地故意說道，「我和榭汀以前都稱呼這些傢伙叫嘔吐物愛好者或便便清理王……唔！」

幾隻蜘蛛像是被冒犯了一樣，牠們往柯羅嘴上吐絲，封住了對方的嘴。

在柯羅東倒西歪地忙著將嘴上難纏的蜘蛛絲剝開時，絲蘭冷漠地從懷裡掏出了一張圖畫紙和蠟筆，放到溫蒂面前。

正在幫柯羅扒開嘴上蜘蛛絲的萊特好奇地看著絲蘭，不知道他是不是都隨身攜帶這些東西。

「溫蒂，接下來我們要讓妳把那個人的模樣畫出來。」絲蘭說。

「我就不記得啊！你要我怎麼畫？」溫蒂有些激動起來，因為蜘蛛們不停在往她耳朵裡爬。

「不需要緊張，妳只需要放鬆就好。」絲蘭伸手按上了溫蒂的肩膀。

「不能太粗魯喔！」卡麥兒在旁不斷提醒著。

絲蘭沒有理會他的教士，他用力按住溫蒂的肩，然後低語：「孩子們，讓她回想起來。」

蜘蛛們不斷在溫蒂耳道內進出，溫蒂聽到了不斷有人在她耳邊說著：「放鬆、妳累了、妳覺得有點想睡。」

一瞬間，原本還很激動的溫蒂忽然像斷了線的娃娃，她垂下頭和肩膀，像是在打瞌睡一樣。

「還記得妳去哭嚎山峰時的情景嗎？快想起來。」絲蘭問話的時候，室內也響起了各式各樣的聲音。

萊特花了幾秒的時間才意識到是蜘蛛們的聲音。

看起來像在打瞌睡的溫蒂點了點頭，她閉著眼，語氣平淡地說：「我走在登山步道上，天氣很晴朗。」

「好，我們再快轉一下。」絲蘭掐著溫蒂肩膀的手勁又大了些，「回想看看妳遇到那個奇怪的男人時。」

「有個穿著西裝的男人從山上走了下來，他很奇怪。」溫蒂說。

「如何古怪？溫蒂，妳必須想仔細，畫出來給我看。」絲蘭將蠟筆灑在桌上。

「他來的時候帶下了一片陰影，他用很大的步伐走來，好像隨時能飛起來一樣，還有他的雙手很長、很長……」溫蒂說著，她拿起蠟筆開始在白紙上塗塗抹抹起來。

好不容易幫柯羅將嘴上的蜘蛛網清乾淨，萊特新奇地看著眼前的這一切。

「厲害吧？絲蘭先生的巫術就像催眠一樣，他能讓人記起來記不得的事。」卡麥兒有些驕傲地炫耀著。

「很厲害呢！」萊特拍著手，「不知道他能不能順便幫我記起上次我們叫外送的餐廳的電話？我忘記抄起來了。」

「那種無聊的把戲連動物園的猴子都會耍好不好？」柯羅在旁邊碎念。

「可以喔，我上次忘記把車鑰匙放哪了也是請他……」

「先生女士們！可以請你們安靜點嗎？我們在辦正事！」絲蘭白了眼正在大聊特聊的教士們，他早有耳聞獅派教士相當聒噪，卻沒想到能這麼聒噪。

待教士們安靜下來後，絲蘭看向因為噪音而停頓的溫蒂，他又按了按她的肩膀：「請繼續。」

溫蒂再度畫了起來，她作畫的動作和幅度又大又快速，看起來有點瘋狂。

萊特他們看著餐桌上的那幅畫逐漸被完成，沒過多久，溫蒂終於停下了動作，她將蠟筆丟在桌上。

「就是這個男人。」全程緊閉雙眼的溫蒂說。

絲蘭將餐桌上的圖畫紙拿起，他看了幾眼，似乎不是很意外的抬起眉頭，「我想這應該不是個男人。」他將圖畫展示給萊特他們看。

圖畫裡，一個人型的東西穿著破舊的黑色西裝，個頭看起來相當魁梧，雙臂則是如溫蒂所描述的一樣，非常的長，甚至長到快垂落地面。那東西的臉也很奇怪，牠有張又長又瘦的臉，扁平的鼻子和一雙野獸般的金色眼珠，牠的嘴咧著，看起來像在微笑。

「看來就是這個東西一直在誘拐哭嚎山峰的人們了。」

「那是個……」

「我認為應該是名使魔。」絲蘭瞇起眼仔細觀察的那幅畫，「記得嗎？死去的都是男人，失蹤的都是女人和小孩……」

「使魔最喜歡的對象。」卡麥兒接話。

「而且案件發生的地域固定，幾乎是每隔一段時間就發生，目擊者又都記不起這東西的長相……」

「使魔有讓人神智模糊困惑的能力。」

「是的，看來有個喜歡血腥味的無主使魔正等著我們去抓呢。」

萊特看著絲蘭和卡麥兒你一言我一語地把案件拚湊出來，他和柯羅幾乎派不上用場。

「好，既然拿到了我們需要的資訊，就讓我們趕快離開這個鬼地方吧？」看著溫蒂家的裝潢，絲蘭意有所指地說。他將手中的圖畫捲起，收進懷中，

「慢著……」卡麥兒攔住一副準備打道回府的絲蘭，「記得你答應了我什麼嗎？我們可不能讓這位小姐因為我們而留下心理陰影。」

絲蘭看著卡麥兒，擺出了一臉嫌麻煩的模樣。

「絲蘭先生……」卡麥兒瞇起眼低聲警告。

絲蘭和小仙女教士對峙了會兒，最後在卡麥兒緊迫盯人的視線之下，他嘖了聲，還是乖乖地回頭按住溫蒂的肩膀。

絲蘭再度低聲對著他的蜘蛛們說：「孩子們，告訴溫蒂，她剛剛只是做了場夢而已。她夢到了獅子、烏鴉和蜘蛛，夢到了蜘蛛教自己畫畫，而這一切都毫無道理，荒唐至極。」

聞言，蜘蛛們學著絲蘭的語氣發出了聲音，牠們對著溫蒂複誦絲蘭要牠們說的話，聲音又輕又柔，像安撫孩子們入睡的父母。

「告訴溫蒂，等她醒來，她會嘲笑自己做的夢境，忘記這個夢境，然後準備上樓去洗個澡，接著躺上床做一個真正甜美的夢。」

「告訴溫蒂，十五分鐘之後她會因為布穀鳥的聲音而醒來。」

絲蘭下著指令，他打了一聲響指，成群的蜘蛛開始往溫蒂的耳朵內流出。

那個蜘蛛潰堤的景象還是讓萊特忍不住打了個顫，卡麥兒倒是很滿意似地點了點頭。

「你很棒，絲蘭先……」

卡麥兒正準備開口稱讚她的男巫時，卻聽到男巫又回頭對他的蜘蛛們說了句：「對了，最後告訴溫蒂，她的馬克杯很醜，她的裝潢品味很糟，請她不要再用印有自己名字的商品，還有叫她重新裝修吧。」

「絲、蘭、先、生！」卡麥兒崩潰地再度發出怒吼，「我不是再三警告過你不要隨便亂對老百姓惡作劇了嗎！你怎麼就是講不聽啊？」

絲蘭再次露出了一副嫌麻煩的表情，而這回他沒理會小母獅的吼叫，直接攔腰抱住他的教士，幾乎將碎念個不停的卡麥兒整個扛起，不顧她的抗議，逕自拎起人往門口走去。

「事情處理完畢，我們該離開了。」絲蘭說道。

但萊特和柯羅兩人依然站在原地，他們看著成千上萬的蜘蛛們四處亂爬，似乎還沒回過神。

絲蘭回過頭看了他們倆一眼，再次提醒：「兩位，好好跟上，不然等一下可不知道你們開門之後，會跑到哪裡去。」

帶點挑釁意味，絲蘭對著他們冷笑一聲，隨後便帶著卡麥兒跨出大門。

萊特和柯羅互看一眼，柯羅看起來就像即將要被送去看獸醫的貓咪，打死也不想跟出門去。

「我發誓如果絲蘭再整我們一次的話我鐵定會殺他！」

「別殺啦，學姐會傷心的……如果你怕會去到奇怪的地方，別擔心，我會罩你的。」

「你還敢跟我提這件事！剛剛到底都是誰在罩誰……欸！別拉我！你這個怪物！」

萊特無奈，只能像拎貓一樣拎起柯羅的後頸，帶他一起跟在絲蘭他們身後踏出大門。

待教士與男巫們出門後，發著亮光的大門碰一聲關上了門。蜘蛛們則是遵從主人的命令，緩慢地收拾好蜘蛛網，替溫蒂清洗馬克杯及碗盤，另外還收拾好餐桌後，溫柔地將她抬上沙發，在她額頭上輕輕落下一個晚安吻，才將她獨自一人留在那裡。

直到最後一隻蜘蛛從溫蒂家消失，她都沒醒來過。

十五分鐘後，溫蒂家的鐘跳出了一隻木雕布穀鳥，它布穀布穀地報著鐘聲，溫蒂則在它的叫聲下悠悠轉醒。

她從沙發上坐起，一陣發愣後，很快地想起了她剛剛不小心睡著時的夢，然後自己一個人大笑了起來。

她竟然夢到了獅子、烏鴉和蜘蛛在教她畫圖！

溫蒂覺得這夢實在是毫無道理，荒唐至極，於是她決定從沙發上起身，好好地伸個懶腰，然後去廚房拿起她的馬克杯準備泡杯熱茶後上樓洗澡睡覺去。

不過在她上樓之前，溫蒂盯起了她的馬克杯以及家裡的裝潢看，一覺醒來，不知為何，她竟覺得自己的品味真的很差。

為什麼自己總喜歡用印有名字的商品，還喜歡用土氣的蕾絲布裝飾家裡呢？溫蒂困惑地看著馬克杯，最後決定將馬克杯擲入垃圾桶內。

跟著絲蘭的腳步，萊特他們再度進行了空間轉移。他們到了一片黑暗的森林之中，周遭太過黑暗，幾乎伸手不見五指。

寒風在樹林間呼嘯著，萊特他們被吹得差點站不穩身體。

柯羅很快地放出了光來，這次的光是像夕陽般的澄黃色光芒，照耀在森林之間，看起來卻像大火所燃燒起的光。

因為風太大，萊特不得不用披風護著柯羅前進。

「絲蘭那王八蛋他們人呢？是不是又要我們了！」柯羅在大風中吼著。

因為風聲太大，萊特聽不太到柯羅的聲音，而狂風擦過樹木的響聲就像有人因為憤怒及悲傷而瘋狂地哭嚎一樣。

所謂哭嚎山峰上所謂的女巫哭嚎聲，會不會其實是來自這強烈的風聲呢？萊特暗想著，他抬起頭來，不遠處有個小木屋正亮著暖暖的燈。

萊特指著前方，要柯羅往那個地方去。

兩人在大風中前進，雖然柯羅放出的光帶著溫和的暖意，卻也沒能減緩那抹刺骨寒意。

在兩人順利抵達小木屋之前，耳邊傳來的哭嚎聲讓萊特回頭看了眼環繞他們的森林，在柯羅所放出那像大火般的光芒的襯托下，他竟然在樹林間看到了幾十個黑影。黑影吊掛在樹林間，身形看起來就像是群穿著烏籠裙、被施以絞刑的女巫們。

配合著風聲，萊特彷彿看到了百年前在大火中憤怒哭嚎的女巫。

「萊特，你在看什麼？」柯羅抬頭詢問心不在焉的教士。

「你看到了嗎？」萊特低頭看向柯羅，他指向前方，「森林裡有……」

當萊特抬頭再次看向森林之中時，黑影已經全數消失了，森林裡只剩澄黃的光芒以及在風中搖曳的樹。

「看到了什麼？」柯羅看著一片空蕩的森林，他抬頭又問，「你是不是甘露還沒吐乾淨啊？」

萊特看著眼裡透露出些許擔憂之意的柯羅，只是搖了搖頭，「沒什麼，我們快進去吧。」

CHAPTER 6

紀念品

小木屋內部看起來又是另一個地方。

萊特往窗外看去，他們依然在哭嚎山上沒錯，這個外觀看似小型的木屋，內部竟比想像中大上許多，容納幾十個人也沒問題。

眼前那座看起來很奢華浮誇的壁爐正劈哩啪啦地燒著柴火，壁爐上的蜘蛛浮雕看起來像是因為柴火太燙了而往外逃竄。

萊特盯著壁爐心想，這太惡趣味了。他環望四周，小小的木屋有著十分高聳的天花板，天花板上都是氣勢磅礴的巨型蜘蛛與全裸女人糾纏在一起的銅鑄雕刻，牆面還掛了許多幅圖畫，畫中都是絲蘭跟不同女巫和男巫的肖像畫，簡直像來到了某個皇宮貴族的家。

顯然他們進入的並不是真正的小木屋。

「這裡是哪裡？」萊特問，他身旁的柯羅一臉不爽地瞪著坐在他們面前的男人。

絲蘭正握著他的手杖，翹著雙腿坐在那張看起來老舊卻又高貴的牛皮沙發上，他英俊瘦削的臉在火光照耀下顯得有些蒼白而疲憊，和幾分鐘前他們看到的絲蘭氣勢完全不同。

「你們不知道自己何其有幸來到這裡——這是我的會客廳，你們在狼蛛的宅邸內。」絲蘭微笑著，笑容裡又帶著點不懷好意。

「何其有幸？別開玩笑了，你以為誰會想來這種地……」柯羅不屑地挑著眉，他一轉頭，卻看到萊特正一臉興奮地蹲在壁爐旁邊和那些蜘蛛雕像自拍。

柯羅走過去踹了對方一腳。

「也許你不記得了，你小時候可是很常來這裡的……」絲蘭說，他指著掛在牆上的其中一幅圖畫，「和她一起。」

柯羅和萊特往他們身後望去，其中一面牆上的幾幅畫裡，竟都是達莉亞和絲蘭站在一起的肖像畫，其中最顯眼的莫過於擺在正中央的那幅。

在那幅畫裡，絲蘭看起來相當年輕，與萊特的年紀相仿，當時的他還是一頭紫色短髮，樣貌英俊，而站在他身旁挽著他手的則是同樣年輕貌美的達莉亞。

他們身邊還站著另一名女性，但不知道是因為圖畫老舊而痕跡斑駁，或是當時有人刻意抹去了對方的痕跡，這幅畫裡已經看不清楚對方的面貌。

柯羅入神地看著那幅畫不動，而絲蘭也同樣盯著那幅畫看。

「我還記得你剛出生時達莉亞有多開心，達莉亞當時還說過，如果她還在世，能見到你一眼，一定也會很開心……」絲蘭喃喃自語著。

萊特注意到絲蘭又露出了笑容，這次卻沒帶著戲謔的味道。她是指誰？畫上的另一名女人嗎？萊特好奇，但當他正準備開口詢問時，卡麥兒推著小餐車進到了會客廳內。

天花板上的巨型銅鑄蜘蛛在此時悄悄地爬到了裸體女人的身上，將對方的裸體遮掩起來。萊特是唯一注意到這個小細節的人。

「外面很冷，大家先喝點熱的暖暖身體。」卡麥兒熱心地將小餐車上的熱茶塞給萊特和柯羅，還替柯羅加了點牛奶，又塞了幾塊裝飾著蜘蛛網形狀糖霜的小糕點給他。

柯羅抓著手上的食物，莫名其妙地盯著卡麥兒，像小仙女一樣的教士則是對他眨了眨眼，還拍拍他的頭：「小朋友多吃點才能長得又高又壯。」

「妳當我幾歲啊？」柯羅有種被深深冒犯的感覺。

「十五？」

「我已經十七了！」

卡麥兒上下打量著柯羅，她一臉抱歉地又塞了幾塊糕點給柯羅，「那你真的應該多吃點。」

壁爐裡的柴火轟地閃燃了一下，卡麥兒也沒注意到是漲紅一張臉的柯羅在表達他的不滿，還給柯羅一個「你是好寶寶」的大拇指。

「乖，記得東西要全部吃完喔！」她提醒。

萊特看著壁爐裡的柴火一閃一滅，最後火焰漸消，旁邊的柯羅也一副要氣又氣不起來的模樣，他忍不住也對學姐比了一個「妳超棒」的大拇指。

小仙女朝萊特眨了個眼，轉頭對付另一個人。

「至於絲蘭先生呢……」卡麥兒也替絲蘭倒了一杯熱茶，然後遞給對方，「你也喝杯熱茶吧，看起來不舒服就不要硬撐了。」

剛剛還能扛起她的男人在回到了宅邸後，臉色變得很差，卡麥兒還以為是不是自己最近變胖了。但觀察絲蘭的症狀，似乎是偏頭痛的老毛病又犯了。

「我只是有點疲倦而已。」絲蘭說，完全忽視浮現在自己眼下的烏黑及額際隱約露出的青筋。

「誰叫你沒事要把我們在山間裡丟來丟去？老頭子還愛逞強。」嘴裡嚼著糕點的柯羅冷哼了聲。

絲蘭沒有理會柯羅的叫囂，他喝著卡麥兒泡的熱茶，臉色並沒有變得比較好，但他仍故作從容地將由溫蒂那裡取得的圖畫從懷裡掏出來給卡麥兒。

卡麥兒接過圖畫，在萊特面前攤開。

「怎麼看……都不是普通人類吧？」

「狒狒？」

兩位獅派教士低頭研究起來。

「古時候，有一派女巫認為，使魔的形成是源自於惡魔寄宿於動物體內，所以牠們通常擁有動物的外表。」絲蘭倚靠在沙發上道。

「如果確認是使魔無誤，那我們動作要快了。」卡麥兒說，「警方那邊發現受害者的屍體都非常新鮮，表示他們都存活了一陣子才死亡，而這也表示這名使魔有玩弄獵物的習性，牠會先讓牠誘拐走的人生存一陣子，等膩了再殺害他們。」

「所以現在依然處在失蹤狀態的人可能還活著？」萊特問。

卡麥兒點了點頭，「這也是為什麼大學長認為這個案件很急迫的緣故，我們有機會把剩下的人救回來！」

「不，我勸妳別太樂觀，麥子。女人和小孩如果還活著，八成是準備被當成巢穴用的，要看到活體是十分困難的事。」絲蘭搖了搖頭。關於獅派教士的特質他還有一點很不認同，那就是他們總是過度天真。

「二分之一的機率，我為什麼不能賭？人要有點信念！」卡麥兒一臉堅決。

絲蘭盯著他的教士，搖搖頭道：「隨便妳吧。」

柯羅嘴裡的糕點嚼到一半，他沉默著不說話，萊特不確定他贊同哪邊的說法，但就他個人而言，學姐永遠是值得信賴的指標。

「那麼現在呢？我們要怎麼找到那個藏在山裡的傢伙？我們能做什麼？」萊特追問。

「目前什麼也不能做，哭嚎山峰這麼大，我們不可能徒步去找。」絲蘭深吸了口氣，臉色變得更加鐵青，他緊咬著牙關似乎在忍受什麼痛楚。

卡麥兒起身，默默走到絲蘭身邊去察看對方的狀況。

「不過我已經派出我的孩子們去山間探聽情況了，如果有異狀出現，牠們會立刻通知我們，而我們現在能做的就是等待消息……」語畢，絲蘭按著頭蜷縮起身子。

萊特再次聽到那種玻璃碎裂的聲音，他們所處的空間一下子變大，一下子又變小，像在隨著絲蘭的呼吸而變化。

「深呼吸，吐氣，我就說你老毛病又犯了，還硬撐著不說。」卡麥兒又開始碎念。

「我想我確實是需要休息一下。」絲蘭這次不再故作從容，他抓緊了他的教士不放，「我需要白茶葉，泡杯白茶給我好嗎？」

「好、好，但首先我們必須先帶你去床上休息，好嗎？」卡麥兒沒有推拒，個頭嬌小的她將比她高大許多的絲蘭扶起，看起來也許還比絲蘭扛她來得輕鬆。

這女人和萊特到底都是吃什麼長大的？旁觀的柯羅忍不住思考起來。

「至於學弟你們，就先拜託你們幫忙守夜了，如果有任何事情一定要馬上通知我。」在把絲蘭扛走之前，卡麥兒囑咐道。

「絲蘭的症狀……真的像你說的一樣，是因為白鴉葉的關係嗎？」

萊特抱著腿坐在壁爐前的地毯上，和身旁的柯羅一起專注地盯著壁爐裡燃燒的柴火看。這次的案件他們根本沒幫上什麼忙，只好乖乖地聽從囑咐守夜。

「誰知道，我不過是想惹毛他而已，誰叫他讓我們今天過得這麼慘？」

柯羅噘著嘴，萊特想拍拍對方的腦袋，順順他的毛，但怕被一口咬上所以作罷。

「但據說絲蘭那傢伙有段時間確實很狂熱於食用白鴉葉。」火光在柯羅臉上閃爍著，「白鴉葉能增強巫力，同時也傷身，對女巫男巫來說都是毒藥。傳聞裡，絲蘭為了想讓自己變得更強大，開始吸食起白鴉葉，最後卻染上了白鴉葉的癮。」

柯羅無聊地從柴火裡挑出點點火光天花板上彈，小星火不斷撞上銅鑄的蜘蛛雕像，發出了響亮聲音。萊特往天花板上看，蜘蛛不知何時又從赤裸的女子身上爬下，只用足部的前端輕握女子的手指。

「你看過他幼童的型態對吧？」柯羅說。

「對！那是怎麼回事？」

「據傳絲蘭食用白鴉葉就是想讓自己擁有變換年齡樣貌的能力，只是白鴉葉的副作用卻讓他某天再也無法從幼童的樣貌變回他真實的年齡樣貌，這事情在巫族裡成了一個大笑話，最後他甚至只能拉下臉，拖著幼童的身軀去尋求蘿絲瑪麗協助。」柯羅笑出聲來，好像在想像什麼很有趣的畫面，「資深男巫為了這種事去尋求比他資歷還淺的女巫幫忙，簡直蠢死了！」

絲蘭的年紀比蘿絲瑪麗奶奶還大嗎？萊特震驚地想著。

「可惜的是白鴉葉的傷害已經造成了，就算是在蘿絲瑪麗的幫助下，絲蘭幾乎還是只能長時間維持在幼童型態……而你現在所看到的那副成年軀殼，都是他用巫術和暹貓家給他的藥水硬撐出來的。」柯羅彈上去的星火輕輕飄落了下來，像一道流光瀑布，照亮了牆上那些肖像畫。

在某個時期的肖像畫裡，絲蘭都是保持短髮稚嫩的小男孩模樣。

「花了這麼多力氣維持外表，還費這麼多巫力把我們在山間丟來丟去，老頭子一定是撐不住了。」柯羅還在記恨。

「那為什麼不乾脆輕鬆一點維持幼童的型態就好了？」

「不知道，可能因為那個女人在吧？不知道為什麼，他從不在她面前變成幼童型態，大概是覺得丟臉。」柯羅開始對於絲蘭的話題顯得興趣缺缺，他的視線再度被達莉亞和絲蘭的肖像畫給吸引住。

「學姐嗎？但是為什麼要覺得丟臉……」萊特則是盯著天花板的蜘蛛和女人，腦海裡忽然冒出了危險的想法，「難不成……」

絲蘭是不是對學姐——

「難不成什麼？」柯羅問。

「不，沒什麼。」萊特搖搖頭，最後沒說出口，因為這想法實在太不妥當了，如果丹鹿在場，八成會痛罵他一頓。白鴉協約裡有個條款嚴格規定著，巫族與教士不該結合，結合本身違反了協約，如果生出孩子那更是禁忌，必須處置，所以這是個絕對不能胡亂猜測的事。

好在柯羅似乎也不是很在意，他盯著母親的畫像許久，忽然開口問萊特：

「喂，你母親是什麼樣的人？」

這是柯羅第一次主動和萊特討論家人的話題，萊特有點受寵若驚，於是他很仔細地思考了一下才回答：「一位嚴謹的棕髮女士。」

「為什麼你形容得像是個外人一樣？」柯羅挑眉。

「因為我小時候是給祖父帶的，再大一點的時候又幾乎都是住在鹿學長家，跟他們家的人一起長大。」萊特說，他還記得母親的眉眼，卻不是這麼印象深刻，「她和我父親都是好人，可是我和他們很少見面。」

萊特沒注意到自己語氣裡的疏離感。

「那你祖父又是個什麼樣的人？」柯羅又問。

「他是個很有趣的人喔！我所知道的女巫小知識都是他教我的，他年輕的時候也當過督導教士，所以有很多有趣的小故事！」萊特臉一下子亮了，提到祖父就說個不停。

那個告訴萊特捏昏倒的人的人中就能讓對方醒來，又開玩笑說捏了之後其實會死的傢伙嗎？柯羅很難想像對方到底是什麼樣的人。

「我們蕭伍德家還有很多從各大女巫家族收集來的紀念品呢！祖父說他每次去拜訪一位巫族就會偷偷帶走一份小紀念品。」

更別提身為一名教士還會亂偷女巫家的東西……難怪會教出來這樣一個怪咖，柯羅心想。他瞇眼盯著萊特看。

「那現在他人呢？退休養老嗎？」柯羅隨口問道。

萊特一下子靜下來，他搖搖頭，「不，很早就過世了……所以我後來才幾乎都被託給鹿學長家。」

萊特重新盯起了壁爐裡的柴火看，沒有再開口說話。

柯羅按著頸子，露出落寞情緒的萊特讓他煩躁，他渾身不自在地揉了揉頭髮，嘆了口氣後猛地站起身。

「怎麼了？」被柯羅嚇到的萊特抬頭詢問。

「幫我把那個搬過來，然後你站上去。」柯羅指著沙發然後指揮起萊特。

「要做什麼？」

「絲蘭把我們耍著玩，我們就不能報復一下嗎？」

柯羅挽起袖子，一副躍躍欲試準備爬到萊特身上的模樣，而他的目標是牆上那幅有著達莉亞的畫像。

「我們也帶個紀念品回家。」

卡麥兒和絲蘭再度回到會客廳時，已經是清晨的事了。

絲蘭的狀況已經恢復了七八成，但他拄著手杖站在那裡，看起來不太高興，原因可能是出在萊特和柯羅身上。

「妳把他們單獨留在這裡之前，應該先找條鍊子給他們拴上。」絲蘭的手指在他的手杖上敲打著。

會客廳裡的沙發被移位，地毯被掀得亂七八糟，那幅對絲蘭來說相當重要的肖像畫被拆了下來，而柯羅正東倒西歪地睡在上面，萊特也窩在旁邊睡得香甜，顯然這兩人趁著他休息時在他的會客廳裡進行了一場大破壞。

地上滿是繞著萊特兩人團團轉的蜘蛛，但他們絲毫沒察覺。

「學弟……學弟醒醒！」卡麥兒走過去輕搖萊特。

萊特睡得相當熟，一旁的柯羅還在夢囈著：「別吵……我要把這幅畫帶走。」

絲蘭搖了搖頭，他走過去輕輕按住卡麥兒的肩膀，「該帶的東西都帶上了嗎？」

卡麥兒拍拍身旁的兩盒手提箱，她點點頭，然後困惑地看著替她將大衣釦子扣好的絲蘭。

「那好，讓我來叫醒他們吧。」語畢，絲蘭用手杖往地板上一叩，會客廳的天空逐漸轉亮，牆面向後退去消失，地板上則是逐漸地湧出了白色的細雪。

沒過多久，絲蘭他們一行人已經不在狼蛛宅邸中，而是身在哭嚎山峰的山峰之上，原本躺在溫暖壁爐前的萊特和柯羅一下子陷入了細軟的白雪中。

幾秒後……

「好冷！冷死了！」萊特跳了起來，突如其來的冷意讓昨天經歷甘露摧殘、又和柯羅辛辛苦苦拔了一整夜畫的他瞬間清醒。

躺在母親肖像畫上的柯羅在雪地裡一陣掙扎，並連連打了幾個噴嚏後，他身下那張畫開始陷入鬆軟的積雪中。

「我的畫！」柯羅跳了起來，慌忙地在雪地裡翻找著那張消失不見的肖像畫，直到絲蘭狠狠地用手杖戳進了他面前的積雪中。

「那是我的畫。」絲蘭居高臨下冷漠地看著柯羅。

「等等，你們昨天晚上沒在守夜而是在偷絲蘭先生的畫嗎？」卡麥兒困惑地看向萊特。

「才沒有，我只是想要不經過他的同意把我母親的畫帶走。」柯羅說得理直氣壯。

「……當紀念品。」萊特補充，然後自己都覺得不好意思了。這聽起來就是「偷」沒錯，只可惜當他們想把畫偷偷運出會客廳時，卻發現不管開哪扇門都會回到原地時，偷畫大盜的計畫宣告終止。

「反正你還有那麼多幅和達莉亞的肖像畫，我只是帶走其中一幅。」柯羅拍掉身上的積雪起身，依舊沒有悔意。

「那是我最重要的一幅畫。」絲蘭的語氣冰冷。

「最重要？達莉亞對你來說有這麼大的意義嗎？如果有，在那件事發生時，你怎麼會留她一個人去面對？」柯羅意有所指地說著。

絲蘭看起來第一次被惹惱了，「你說話最好注意點，柯羅。」

男巫們的對峙引來了一群蜘蛛在柯羅腳邊竄動，森林裡則是傳來一陣烏鴉叫聲，十幾隻烏鴉聚集在絲蘭身後的大樹枝上，緊盯著蜘蛛們看，彷彿在等候衝突爆發。

萊特看了卡麥兒一眼，向來沉著的卡麥兒也一臉驚訝地看著他，似乎是在告訴萊特她沒見過這麼失態的絲蘭。

不過很快的，卡麥兒反應過來，她立刻上前拉開兩位男巫，「別吵了！你們是怎麼回事？」她提醒他們，「現在不是吵這些事情的時候，我們還有正事要辦，記得嗎？」

然而絲蘭和柯羅依舊僵持著，蜘蛛們堆疊成群，烏鴉們撲騰著翅膀。

就在萊特準備上前把柯羅隔離開，而卡麥兒也準備一拳揍在兩位男巫肚子上讓他們冷靜時，柯羅腳下的蜘蛛們忽然散落開來，原本在樹上的烏鴉也像是受到了什麼威脅似地一哄而散。

隱隱約約的，森林之中傳來了眾多細小的說話聲，聽起來像是——在這裡在這裡在這裡困住了困住了困住了藏起來了藏起來了藏起來了。

萊特往森林裡望去，哭嚎山峰上的森林竟一片白茫茫，讓人以為樹木上積滿了厚重的白雪，但如果仔細觀察，會發現樹上的不只是積雪，還黏連著一大片一大片的蜘蛛絲，蜘蛛絲將樹木之間黏連起來，像個大型的陷阱網。

蜘蛛們在上面攀爬，森林裡的細語聲似乎是牠們發出來的。

「那是什麼？」萊特震撼地看著眼前的場景，忍不住詢問。

「那是我讓孩子們撒下的網。」絲蘭說，散落開來的蜘蛛們成群爬回他身上，並鑽進他耳朵裡說起了悄悄話，「在某兩個守夜的傢伙把力氣花在偷畫上面，又心安理得地睡得香甜的時候，牠們在山峰上灑滿了網，替我們將搜索範圍限縮到最小區塊，並且在清晨時捎來了警訊……我想我們要找的東西就在裡面了。」

絲蘭指著布滿蜘蛛網的哭嚎山峰。

「我在蜘蛛網內製造了一個空間，裡面的東西不會有被困住的感覺，但牠會不斷地在同一個地方打轉，我們現在要做的就是誘使牠現身。」

「好，使魔喜歡女人和小孩，那由我來當誘餌？」卡麥兒看起來躍躍欲試。

「不。」絲蘭語氣嚴厲地拒絕，他瞪著個頭比他嬌小的教士。

卡麥兒瞇起眼，放下她的行李箱，雙手往腰上一插，挺起肩膀正要和她的男巫爭執她為什麼不能當誘餌時，絲蘭又說話了：「由我們負責去引誘和捕捉使魔，至於妳……我們還有被誘拐的人要找，妳相信她們還活著不是嗎？那就由妳去負責找出來。」

絲蘭伸出手指往卡麥兒肩膀上一戳，將小仙女挺起的肩膀戳了下去。接著他將一團小蜘蛛放到了對方肩膀上，蜘蛛們很安分地維持一團的形狀，一路沿著卡麥兒的身體滑進她上衣口袋內。

「蜘蛛們找出了幾個使魔可能藏匿獵物的地點，孩子們會帶著妳去尋找。」

「我一個人嗎？那你怎麼辦？誰要負責照顧和督導你？如果你需要我怎麼辦？」卡麥兒問個不停。

「這裡不是還有一個教士嗎？」絲蘭轉頭看向萊特，卡麥兒也轉頭看向他。

萊特愣了愣，隨後立刻挺起自己令人信賴的胸膛。

注視著萊特的絲蘭和卡麥兒則是在發出了耐人尋味的哼聲後，看向對方。

「好吧，如果你遇到任何事需要我的話，一定要把我叫回來。」卡麥兒逾矩地拍著絲蘭的胸口。

「如果遇到危險，尋找離妳最近的任何一個出口。」絲蘭輕輕拍開對方的爪子。

知道他還討厭獅派教士哪一點嗎？就是他們很不懂分寸。

萊特值得信賴的胸膛看起來似乎不這麼可靠，他有點委屈地看著絲蘭和卡麥兒又交頭接耳了一陣子，直到最後雙方都點點頭，總算達成共識。

卡麥兒隨後提起了行李箱走向萊特。

「學弟，這是你忘記的東西。」卡麥兒提著的兩個行李箱，其中一個竟然是萊特來不及帶的，真不知道學姐什麼時候幫他搬來了這項必要物品，「裡面有武器，也幫你放好了聚魔盒，請務必在合理的狀況下使用這些東西，保護好自己、你的男巫還有我的絲蘭先生。」

卡麥兒將行李交給了萊特，並拍了拍他的胸口。

萊特喜歡卡麥兒這點，對她來說，那些武器永遠不是拿來對付男巫用的，而是拿來保護自己的。

「我會的，學姐妳也……」萊特伸手正要拍拍卡麥兒的肩膀，他們耳邊卻忽然傳來叩的一聲，接著卡麥兒就從她腳下憑空冒出的白洞垂掉了下去，直接從他面前消失。

萊特低頭看著那個洞，隱隱約約的還聽到洞內傳來了學姐的憤怒喊聲：「絲蘭先——」的聲音，但很快的，白洞再度被白雪淹沒。

萊特一抬頭，只看到年長的紳士不知何時又變成了他當初看到的短髮小男孩，他正一臉不悅地盯著自己伸出的手看。

萊特無辜地收回了手。

「看吧，老頭子果然很愛面子。」柯羅在萊特身旁哼了聲。

不知道是不是被「老頭子」聽到了，原本瞪著萊特的絲蘭轉身便走向柯羅，柯羅雙手環胸，讓自己站穩腳步不被對方的氣勢嚇倒。

「小子，你說你想要母親的畫是嗎？」絲蘭用稚嫩的嗓音詢問，他難得需要仰頭看柯羅。

「你想幹嘛？」柯羅沒有掩飾語氣裡的警戒心。

「你這麼想要的話其實不是不能給你。」絲蘭瞇起眼，「只是有個條件……」

「什麼條件？」

「如果我們想要抓住那隻使魔，就必須合作，待會兒我需要你們兩位乖乖配合。」

絲蘭看著柯羅，隨後又望向萊特，臉上再度掛起了那副老謀深算、小男孩不該有的笑容。

CHAPTER 7

誘餌

卡麥兒直接掉落在一堆鬆軟的白雪上，她掙扎著爬起身，發現自己身在森林中某處，周遭都攀附著白茫茫的蜘蛛網。

她以前曾經很怕蜘蛛和這些又黏又纏人的網，然而和絲蘭相處久了，蜘蛛和網對她來說已經是習以為常的事，有時候她甚至覺得有點親切。

就像現在，看到這麼多蜘蛛網，她非但沒有覺得噁心，相反的還有種安心感。

卡麥兒一個人呆站在原地，直到她口袋裡的蜘蛛們全數爬了出來。

蜘蛛們爬到了雪地上，牠們成群結隊的排出了一個「跟我來」的字眼，隨後開始往某個方向行走。

卡麥兒抓緊行李跟了上去。蜘蛛們一路帶著她在山嶺間行走，牠們爬過高聳危險的峭壁，以及任何普通人難以進入的洞穴之中一一探尋，再出來向她匯報狀況。

雖然長得有點嚇人，但真的是群很可靠的小夥伴呢。卡麥兒看著在山區間奔跑的男巫信使們，牠們正在高聳的山壁間尋找可疑的足跡。

然而就在她等待的同時，森林深處傳來了女性的啜泣聲。

卡麥兒轉頭，眼前除了隱隱約約的樹影和白茫茫的蜘蛛網外，並沒有任何東西存在的跡象。她聽著女人的哭聲，下意識地想要進入森林尋找聲音來源。

也許那是瑪雅或老唐納的小孫女！卡麥兒心想，她焦急地越過重重蜘蛛網想要深入森林裡，然而幾百隻的蜘蛛卻在這時爬向了她。

不！

蜘蛛們在蜘蛛網上排成了一個大大的不字。

「有人在裡面哭，我必須去看看！」卡麥兒向蜘蛛們解釋著。

蜘蛛們又一陣竄動，並且再次排成文字，這次寫著：不！卡麥兒！不！

卡麥兒困惑地看著蜘蛛們，而蜘蛛們則是不斷地排列著文字——不是這個哭聲！不是這個哭聲！

蜘蛛們看上去很焦急，於是卡麥兒停下動作，仔細聆聽著在森林裡環繞著的女性啜泣聲。那聲音時而拉遠時而拉近，總是不斷重複著啜泣、哭嚎、停止，啜泣、哭號、停止。

那種詭異又規律的啜泣聲一開始聽還沒有異樣，聽久了就讓人感到詭異了，彷彿是刻意在引誘人注意似的。

「你們確定那不是我們要找的人？」卡麥兒再次和蜘蛛們確認。

蜘蛛們排出了一個倒轉的符號，接著又再度排出——離開！往另外一個方向！

卡麥兒看著跳腳的蜘蛛們，無論森林裡的東西是否是瑪雅和小女孩，她其實都想一探究竟，但絲蘭交代她的任務可不是因為隨便的好奇心而去送死。

僅僅遲疑了幾秒後，卡麥兒點點頭，決定往原本的前進方向，而蜘蛛們則是歡天喜地地跳著繼續領路。

請壓低身體——蜘蛛們邊帶路時邊提醒著。

卡麥兒聽話地壓低了身體轉身前進。在白茫茫的蜘蛛網內，那個啜泣的聲音卻越來越近，伴隨著一種奇怪的跳躍聲，森林裡像有個人正跨著極大的步伐往前行進。

當那個聲音一靠近，蜘蛛們立刻將卡麥兒撥開的網再度補強，並不斷地要求卡麥兒將身體壓低，等到卡麥兒幾乎整個人趴到地上時，也是那聲音離她最近的時候。

卡麥兒小心翼翼地停在原地不動，連蜘蛛們都像玩起了一二三木頭人的遊戲。

蜘蛛網內的哭聲持續循環著，和卡麥兒僵持著，彷彿是在等待她動作一樣。

卡麥兒握緊了行李箱，心跳和呼吸都在加快，就在她思考著要不要賭一把，起身奔跑逃離時，哭聲忽然停止了。

等了幾秒後，卡麥兒轉頭查看，只看到白茫茫的森林深處一陣亮光閃現，有幾道黑影從森林中竄過。

沒過多久，哭聲再度響起，只是這次那聲音朝黑影閃現的方向逐漸遠離。

靜止不動的蜘蛛們再度竄動起來，幾隻從山壁上爬下來的蜘蛛匯整進蜘蛛群內，牠們窸窸窣窣地爬動一陣子後，又在地面上排出了字眼——卡麥兒！走！我們發現了什麼！跟我們來！

卡麥兒看著蜘蛛們點了點頭，她爬起身，跟在蜘蛛們身後，快速地在雪地裡奔跑著，直到那陣哭聲完全消失不見。

蜘蛛們帶領著卡麥兒一路遠離森林，不斷地往高處走。爬上山坡時她回頭又看了眼，蜘蛛網包圍的森林之中竟然真的有孩童的影子奔跑掠過，但很快地再度消失不見。

卡麥兒不確定是不是自己看錯了，她腳下的蜘蛛們則是不停跳著，要引回她的注意力。

「抱歉。」卡麥兒看向蜘蛛們，蜘蛛們再度排出一個箭頭的形狀，不斷指著前方高聳的峭壁。

卡麥兒仰頭望著眼前高聳的峭壁，峭壁幾乎與地面成了九十度的垂直角，而峭壁下方有一道很深的巨大裂縫。

幾十隻蜘蛛們從裂縫裡爬了出來，牠們攀在峭壁上，排成了一個箭頭指著裂縫。

有東西在裡面——蜘蛛們又變換陣型，告知卡麥兒這項訊息。

卡麥兒觀察著那道裂縫，壁上的裂縫很深，但間隙不大，一個人要通過可能也很勉強。遲疑了一會兒後，她脫下厚重的大衣，盡量減少負擔，隨後稍微活動了下筋骨後就試著一個人攀爬進縫隙中。

但就像如她所想，縫隙非常狹窄，連走動都十分困難。卡麥兒擠在裡頭，有種五臟六腑都快要被擠壓出來的感覺。尖銳的石壁磨傷了她的臉和腿，蜘蛛們焦急地圍在她身邊團團轉，一下子排出「小心！」一下子排出「妳以後晚餐吃少一點嘛！」的字眼。

卡麥兒用手指彈走了那隻帶頭要她少吃點的蜘蛛，繼續往石縫內鑽，然而石縫越鑽越窄，窄到後半段的時候她幾乎整個人都被卡住了。

看吧！那隻被彈走的蜘蛛爬了回來，再度領頭。

卡麥兒瞪著蜘蛛們，逞強地吸了口氣將腹部收緊，然後努力地想穿過石縫。

蜘蛛們見狀，一些蜘蛛脫隊跑出了石縫中，一路沿著原路跑回了森林內，其餘的蜘蛛們則是開始在卡麥兒身上織起了網。

卡麥兒看著蜘蛛們用網將她包圍，又像傘兵一樣吐著絲降落到石縫之內，沒過多久，她開始感覺到了一股拉力。

蜘蛛們開始在石縫內拉著卡麥兒，試著讓她脫離困境。配合著蜘蛛們的努力，卡麥兒不顧被石壁擦傷的疼痛，她用力一擠，終於鑽出了狹窄的縫隙。

卡麥兒摔進了一片漆黑中，她邊喊著痛邊爬起身來張望著，卻什麼也看不見。

就在卡麥兒思考著該怎麼辦時，一道亮光從她腳下亮了起來，原來是蜘蛛們從她的行李箱內偷出了手電筒給她。

卡麥兒接過蜘蛛們遞上來的手電筒。

不用客氣 :D

蜘蛛們排著字，後面還加了個笑臉。

「我回去叫絲蘭先生多給你們一些點心吃。」卡麥兒向蜘蛛們眨了個眼。

好耶——蜘蛛們這次還在後面加了個愛心。

卡麥兒笑了笑，她拿起手電筒，撥開身上的蜘蛛網後用手電筒照起了周圍，發現自己身在一個圓形的洞穴裡。

這個洞穴向是被人用手工挖出來的，形成了一個很不自然的圓形。

卡麥兒往前走著，洞穴內非常安靜，幾乎沒有任何一點聲響。

就在前面——蜘蛛們不斷地排著字。

越往前走，蜘蛛們的腳步聲就越明顯。除此之外，卡麥兒開始聽見自己的呼吸聲，以及另一道很微弱的呼吸聲。

卡麥兒用手電筒往前面一照，更多的蜘蛛們不知何時已經鑽進了石縫中，牠們在黑暗深處拖著什麼東西一路爬來。一見到卡麥兒，蜘蛛們跳了起來，像是在歡迎她的到來。

卡麥兒仔細看著蜘蛛們所拖行的東西。

一個小小的身影被圍在蜘蛛網內，胸口處緩緩地起伏著，但非常微弱。老唐納的孫女大約十歲，身形正好跟蜘蛛們拖著的東西相仿。

找到了！卡麥兒驚喜地跑上前，她心急地驅趕開蜘蛛，並且將糾纏在那東西身上的蜘蛛絲撥開。

果然，小女孩的臉孔從蜘蛛絲內露了出來，就如同卡麥兒所想，小女孩還在呼吸著。

「太好……」

然而卡麥兒的雀躍只維持了兩秒而已，當她看清楚女孩的臉後，忽然說不出話來了。她懷中的女孩臉色早已鐵青，呼吸從微弱到幾乎沒了動靜。

卡麥兒倉皇地將纏在小女孩身上的蜘蛛絲撥開，期望看到完好無缺的女孩，但蜘蛛絲底下的小女孩卻全身赤裸，骨瘦如柴的腹部脹大無比，還掛著鬆垂的肉皮，已經有了使魔爬行過的痕跡……

卡麥兒的心一沉，蜘蛛們則是在一旁雀躍地跳著，牠們歡天喜地地排起了字體──這就是妳要找的東西，對嗎？

牠們這次也沒忘記在後面加了顆愛心。

柯羅獨自躲在樹林後方，好幾道幼童的影子自他身邊竄過。

幼童的人影一路奔跑到較為平坦的林地上玩耍，乍看之下就像有十幾個孩童齊聚在這塊空地上嘻笑。

只是就算人影們玩得再開心，林地內依然一片寂靜，若仔細觀察，會發現那些人影都只有影子而沒有人的本體。

影子中唯一有人的本體的，只有手牽著手站在其中一個角落的萊特和絲蘭而已。

那到底是什麼畫面啊？從遠處觀望著兩人的柯羅眉頭緊緊皺著。

金髮的教士正像個愚蠢的爸爸，帶著他不知道跟誰生才能生出的紫髮小孩

絲蘭愉快地在林地中散步，還試圖抱起小孩玩飛高高，結果小孩一拳往他腦袋

上K了下去……

「哎呦！」萊特用手按著腦袋，淚眼汪汪地看著從他身上跳下去的絲蘭，

「我以為我們要演得像一對真正的父子。」

「不，我們不需要，我們只是要製造這裡看起來真的有人類活動的模

樣。」絲蘭翻了個白眼，整整被萊特弄亂的衣服，然後看向地上圍繞在他們身

邊的影子。

有個看起來像柯羅的影子踹了絲蘭的影子一腳，絲蘭冷冷地瞪著那個影

子，腿上像是被風輕輕颳了一下。

「柯羅的巫術看起來沒有什麼長進，我期望他能弄出虛假的人影，結果卻

只是一群黏在地上的黑影……希望那隻使魔夠愚笨，能順利被這種愚蠢的影子引來這裡。」

「你在說什麼，柯羅的巫術很厲害啊！」萊特看向滿地的影子，他想像著柯羅正在樹林後面像指揮家一樣指揮著這些影子。

「那是因為你沒見識過真正厲害的巫術。」

「你見識過？」

面對萊特的問題，絲蘭冷眼望著他：「我活著的時間很長，小蕭伍德。我見識過大女巫的巫術，也見識過她那瘋狂長子的巫術，相信我，柯羅的巫術就像孩子變魔術一樣。」

「所以你認識血鴉瑞文？他到底是個什麼樣的人物？」萊特追問。

絲蘭皺起眉頭，血鴉的話題是個禁忌，教廷向來禁止教士隨意詢問，他不知道是萊特這傢伙天生少根筋還是故意想惹麻煩，但一般教士是不會去觸碰這個禁忌的。

「就像我說的，他是個瘋狂的傢伙。」

「具體來說，是怎麼樣的瘋狂呢？」萊特又問

「瑞文他……」話說到一半，絲蘭忽然閉上嘴，因為他開始覺得不對勁了。女巫和男巫們向來擅於保守祕密，但面對萊特的質問，他卻自然地吐露了那些祕密。

絲蘭瞇起眼，他開始對眼前這個蕭伍德有點好奇了——以前怎麼從沒聽說過蕭伍德家有個這樣的傢伙？

「小蕭伍德，你知道嗎？你們家族曾經是個有趣的家族，然而一代一代傳下來卻變得越來越平庸。好不容易出了個哈洛蕭伍德，結果哈洛蕭伍德又生出了幾個平庸的兒子，一度讓我很失望……但現在看來他平庸的兒子們又生出了個有趣的傢伙。」

「你怎麼把我們家族說得像是兔子繁衍一樣？」

「我問你，你對你那出名的祖父有多深的認識呢？」絲蘭問。

萊特沒有回答，他從肩膀上抓下了一隻準備要爬到他耳後的蜘蛛，他反問：「在這之前，你能不能先回答我，你這趟找我們來支援有什麼目的？」

「什麼？」

「你和學姐其實可以獨立解決完這個案件，並不是真的需要我和柯羅的支援，對不對？」萊特問。

從頭到尾他和柯羅並沒有真的幫上任何忙，萊特見識過絲蘭的巫術了，他認為即使他們不幫忙，絲蘭也有方法自己誘捕他們所要找的使魔。

絲蘭仰頭看著注視著他的萊特，愉悅地笑了起來。

「我本來還以為你跟你父親一樣，都是沒有腦袋的傢伙，但看來你跟你祖父比較像。」

「那你要回答我的問題了嗎？」萊特雙手環胸。

絲蘭微笑著不說話，教士和男巫互相凝視著，直到森林的周遭忽然傳來了女性的哭嚎聲。

「那是什麼？」萊特轉頭查看四周，樹林裡空蕩蕩的什麼也沒有，但那聲音仍然時遠時近，像有人一邊哭泣一邊圍繞著他們不停奔跑。

然而林地裡始終只有柯羅製造的影子，沒有其它東西進入。

「哈！那東西在外圍繞呢——看來這種陽春的手段雖然引起了那傢伙的注意，但還是被發現是個陷阱了。」絲蘭笑道。

「現在怎麼辦？」萊特四處張望，那聲音移動的速度越來越快，他不知道柯羅是不是也注意到了異狀，林地裡的影子瞬間全部消失。

「現在？」絲蘭的聲音忽然從稚嫩的幼兒聲轉換為成人的嗓音。

當萊特再度望向絲蘭時，對方已經變回那位拄著手杖的紫長髮紳士，他伸手一把拎住了萊特的領子。

「現在我們要丟個真正的誘餌出去給牠。」絲蘭說。

接著萊特只聽到絲蘭用手杖往地上一敲，地上裂了一條大縫，他便被絲蘭一路拖進那條縫隙中。

「萊特！」

不遠處的柯羅才剛收起影子準備提醒萊特他們那道奇怪的哭聲，一轉頭卻發現那兩人從林地裡消失了。

柯羅從樹林中奔出一路來到林地，左右張望著，周遭毫無人音，就連剛才迴盪在樹林中的哭嚎聲都逐漸遠去。

柯羅焦急地蹬著腳，雖然萊特身邊可能還跟著絲蘭，但他不認為這是件好事，畢竟絲蘭從不管自己和卡麥兒以外的人的死活。

柯羅想起他們在哭嚎山上看到的那些屍體慘狀，他就怕一不小心他也會在空心的樹幹裡找到萊特的屍體，看到他蒼白驚恐的臉和黯淡的髮色，以及毫無生命力的藍色眼珠……

一時之間，柯羅忽然覺得很難喘息，他的手又放進口袋裡掏著裡面的口紅。

怎麼了？你在擔心什麼？柯羅腹部裡那沉默已久的東西發出了聲音，牠的語氣裡充滿著戲謔。

「安靜！」柯羅大口吸著氣，試圖讓自己的焦慮平靜下來。

別演了，你知道你需要我。那東西又發出了笑聲。

「萊特！你在哪裡？」柯羅試著不理會肚子裡的聲音，他再度跑進樹林裡尋找，「萊特！」

然而無論他怎麼找，都像在同一個地方打轉，彷彿被困在絲蘭巫術裡的不是那隻使魔，而是他自己。

柯羅停下奔跑，他彎腰吸著氣，冷汗滴了下來。

時間在滴答響喔，我的小柯羅。

柯羅放鬆了緊握的拳頭，他的口紅躺在他的手心之中。

萊特被拉進了縫隙後，他從林地摔到了一棵大樹上，又從大樹上摔到了布滿細雪的地面。好在新雪還很鬆軟，他並沒有摔得太重。

萊特抹掉身上的樹枝和泥水，才剛坐起身，他的行李箱也從樹上砸了下來，並且幸運地越過他的腦袋直接砸向他身後。

行李箱裡的武器和聚魔盒滾了出來，萊特爬起身，順手將地上的聚魔盒拿起放進口袋裡，並將武器收好。

「絲蘭！」萊特提著行李箱起身喊著。

樹林裡一片寂靜，只有他的聲音不停迴盪。

萊特傷腦筋地看著眼前長得一模一樣的樹林，完全分辨不出方向，他隨意在樹林裡走著，一邊喊著絲蘭和柯羅，但依舊沒有任何回音。

絲蘭把他丟到這裡來到底是什麼意思？萊特思考著，他站在原地，無所適從，直到他發現太陽逐漸升起，但原本應該照射進來的陽光卻被他身後的陰影覆蓋住為止。

萊特轉頭，他身後沒有東西，只有一大片奇怪的陰影覆蓋住他，而原本已經足夠寒冷的氣溫一下子驟降，變成銳利刺骨的寒意。

那個女人的啜泣聲又傳來了，這次聲音聽起來相當的近，萊特一抬頭，穿著洋裝的人影在樹林間奔跑了起來。

萊特直覺那可能是他們要尋找的被誘拐者之一，他沒多想，提著行李箱就追了上去。

「瑪雅？」萊特追在女人身後喊著。

女人並沒有回應，她用一種奇怪的姿勢和異常快的速度奔跑著，她的手臂垂在兩側，看起來很長很長，萊特剛覺得不對勁，女人又忽然在他眼前消失不見。

萊特停下腳步，還沒搞清楚狀況，原本在他前方的啜泣聲這次卻從他後方冒了出來。

萊特轉頭，女人不知何時已經趴在他身後的樹林之下啜泣，而且這次她全身赤裸。

不過幾秒鐘，女人有辦法在瞬間跑到他的後面，又脫下所有衣服嗎？萊特擰眉，困惑不已地他握緊了他的行李箱，小心翼翼地走向女人，再度問了句：

「瑪雅？」

女人大聲哭嚎著，身體沒有半點抖動。

當萊特走到女人前方時，啜泣聲戛然而止，他蹲下，輕輕地搖了搖女人的肩膀，女人依舊沒有回音。

心一橫，萊特決定將她翻過身來。

這一翻，沒有萊特想像的張牙舞爪恐怖場景，相反的，女人的面容相當沉靜，她半張著眼和雙唇，乾涸的血水停留在唇鼻之間，看起來像不小心把口紅塗壞了。

女人早就沒了呼吸——原來啜泣聲根本就不是她發出來的。萊特心一沉，同時，那個惱人的啜泣聲又再度傳來，這次是從萊特的正後方發出。

萊特緩緩轉頭，一個穿著洋裝的「女人」站在他身後不遠處，牠用牠那雙異常長的雙手遮著自己的臉，不斷發出啜泣聲，都是同樣的高低循環。

萊特從牠粗長而多毛的手指指縫中看到了牠的臉，對方顯然並沒有真的在哭泣，因為牠手指底下的臉正在微笑。

此刻的萊特忽然想通了絲蘭的話以及把他丟在這裡的用意，或許絲蘭口中所謂真正的誘餌——指的是自己。

CHAPTER 8

亞拉妮克

萊特不敢動彈，他面前的東西終於停止了哭聲。

那個穿著女性洋裝的東西放下了牠長長的手臂，露出了臉來。牠有張又長又瘦的臉，扁平的鼻子和一雙野獸般的金色眼珠，牠咧著嘴，不斷發出女人的啜泣聲，臉看起來卻像在笑——就跟他們在溫蒂的圖畫上看到的東西一模一樣。

對方盯著萊特，萊特覺得自己此時像被絲蘭丟給使魔的餌，卻又同時成了被使魔放出的餌所誘拐的人。

萊特慢慢蹲下身，想從行李箱內拿出武器，然而他的手才剛碰上行李箱，那名使魔卻用一種快速又詭異的步伐跳了過來。

使魔的身形在接近時逐步變得魁梧而巨大，撐破了那件女人的洋裝，牠在轉眼間出現在萊特面前，手掌也壓上了萊特的行李箱。

「我不喜歡這個。」使魔說。

他的臉看起來既像人類，又像野獸。

在萊特退開的下一秒，他的行李箱扭曲變形起來，無論裡面裝著再堅硬的武器，全都像被壓扁的易開罐一樣爛成一團。

糟糕！回去要被大學長罵了！萊特在攸關性命的危機之下還是忍不住有點社畜地先想到了經費問題，才開始思考該往哪裡逃。

「我比較喜歡人類。」使魔喃喃自語地說，牠用手指輕輕一彈，萊特那被捏爛的行李箱就像被一股巨大的力量用力拋飛似的，飛了個老遠，「人類捏起來又軟又脆弱，可塑性比較高。」牠像個藝術家一樣的評論。

萊特沒聽懂可塑性的意思，直到使魔從他身邊抽走了已經死亡的瑪雅。

被拉著腳抽離的瑪雅在使魔的手裡看起來像塊黏土，使魔握著瑪雅，將她捏揉搓圓，又將她旋轉拉直。萊特聽見了骨頭碎裂的聲音，瑪雅的屍體在他面前變成像是一團深紅色的肉團。

眼前的使魔似乎能隨心所欲地將牠碰觸到的東西變成牠想要的質地和模樣，這或許解釋了為什麼受害者們的遺體會被抹在牆上、變成扁扁的正圓形卻又能夠彈跳的肉餅，或是能柔軟地塞在樹幹中。

「以前我可以把他們變成更有趣的東西，某人嘴裡的冰淇淋，巨大而肥美的青娃，鑽進樹幹裡的兔子，或者……一顆一戳就破掉的水球。」使魔一邊說著，一邊用手指和利爪戳進深紅色的肉團裡。

那肉團像水球一樣地爆開，血水和碎骨迸發，在雪地上濺出了一個漂亮的鮮紅色圓形。

萊特震驚地看著眼前這一切，他真心希望自己如果還在因為甘露而發茫就好了。

「可惜失去母親後我的能力不再這麼受控了，他們只能用他們原本醜陋的樣子變成我想要的東西，真是可惜……雖然我認為我的的作品依然很美，但就是少了這麼點趣味。或許是他們本身不夠美好吧？」使魔舔著自己沾染血跡的指尖，在一陣自說自話後，金色的瞳孔終於望向萊特。

使魔說：「人類，你有頭漂亮的金色頭髮，不知道我能把你變成什麼呢？」

萊特心頭一震，他明白自己再不想辦法脫逃，最後可能也會變成一團血肉模糊的肉泥，或被隨便塞在某些奇怪的地方窒息而死。

然而當他試圖轉身逃離時，身後原本平坦的地面卻忽然隆起成一堵高聳的石壁，阻斷了他所有去路。

「也許把你變成一頭漂亮的金獅子，也許把你變成一頭漂亮的金羊……」使魔那像狒狒一樣的手指跳動著，牠凸起的嘴笑咧開來，露出了一排尖銳的牙。

萊特幾乎整個人貼上都到了石壁上，他不停用手掌拍著石壁，期望牆上能變出一道門或什麼的帶領他脫離危險。然而使魔逼近，把他當作誘餌的絲蘭卻沒有絲毫動靜。

難不成不是想把他當成餌，而是純粹想害死他嗎？萊特瞪著眼前巨大又魁梧的使魔，使魔伸出了手指，碰上他的金髮。

「然後我們切斷你的頭，把你當標本一樣掛在牆上。」使魔的鼻翼賁張，牠吐出了一種相當血腥的氣息，「好嗎？你說好嗎？」

當然不好了！

萊特心裡盤算起最糟的打算，眼見使魔張開手掌準備將他一把捏住，他下意識地伸手護住自己，使魔卻忽然不再動作。

萊特抬頭一看，他發現自己腳下踩著的影子竟不知何時延伸開來，變得巨大而寬闊，甚至一口氣吞掉了使魔龐大的影子。

動作停頓的使魔和萊特同時低下頭看著橫更在他們之間的影子，一道人形黑影竟從他們之間浮起。

下一秒，一隻蒼白的手從中伸出，直接掐住了使魔的脖子。

黑影逐漸浮現，露出牠豐潤的烏鴉羽毛和烏黑的長髮，牠發出的笑聲萊特再耳熟不過了——蝕從黑影中浮現出來。

「不准動他！」緊接在蝕的身後，柯羅也從萊特的影子裡走了出來。

「柯羅！」萊特看著柯羅的背影，對方手裡握著用了一半的口紅。

柯羅沒有轉過頭回應萊特，他瞪著蝕和另一名使魔，彷彿完全沒注意到萊特的存在。

蝕掐著那魁梧又巨大的使魔，將牠拎在空中。

「兄弟，報上你的名字，如果你還沒拋棄你的名字和尊嚴的話。」蝕問道。

「兄弟……我的名字是幽威。」使魔用斷斷續續的氣音報出自己的名字。

「嗨！幽威，很抱歉打擾了你的遊戲，但你在玩弄的獵物對我家的小烏鴉來說有點珍貴，所以我不能讓你繼續下去。」蝕一邊說，一邊幾乎捏扁了使魔的頸子。

「不，兄弟……別試圖阻攔我，我必須完成我的作品，獻給我的母親。」

「你的母親已經離你而去了。」

「我知道，她被燒死了，吊在樹上，焦黑成炭。但我不在乎，她喜歡我這麼對待人類。」幽威伸手掐住了蝕的手臂，蝕的手臂一下子扭曲變形成奇怪的形狀。

蝕看著自己的手臂，吹起了口哨來，「有趣的能力。」

「蝕，不要再跟他囉嗦了！」柯羅喊道，他的聲線異常憤怒。

「那麼你希望我怎麼做呢？」蝕轉過頭來，牠瞇起眼來，笑露一口尖牙。

「我希望你……」

「等等！柯羅！」

意識到接下來可能會發生什麼事的萊特一把拉住了柯羅的肩膀，柯羅卻回頭拍掉了他的手，他的情緒已經被憤怒給淹沒。

「快啊，你希望我怎麼做？柯羅。」蝕催促著。

「我希望你……」

柯羅話還沒說完，帶著詭異紫光的黑暗忽然在一瞬間覆蓋了整個空間，整片森林還有隆起的石壁全被這股奇怪的紫光吞沒，他們所處的空間只剩一片黑暗。

地面一陣鬆動，萊特和柯羅兩人一下子沒入黑暗中，不停往下掉著。

緊接著，蝕掐著幽威的手發出了脆裂聲，牠蜷曲的手臂竟然變得又硬又脆，當幽威一施力，牠的手臂裂了開來。

在牠的手臂整個斷裂開之前，蝕瞇著眼遙望四周，牠問：「兄弟，這是你幹的好事嗎？」

「不。」幽威將蝕的手臂用力一扯，直接扯了下來，但在掙脫蝕的鉗制之際，牠也往黑暗之中墜落。

「我想也是。」蝕跟著一同墜落時說。

萊特和柯羅不停地往黑暗中墜落。

「柯羅！」萊特伸手試圖抓住急速往下掉落的柯羅。

柯羅不停地亂放著光芒，就像顆小型煙火，但光線照亮的只有一個看不見盡頭的黑暗空間，這片空間裡織滿了許多巨大的蜘蛛網，而暗處似乎有東西正在爬動。

這場景萊特再熟悉不過了，畢竟這已經是他第三次經歷這樣的空間——只是這次底下似乎沒有出口的跡象存在。

在萊特伸手終於抓到柯羅的衣襬時，空中那個像巨大烏鴉的黑影俯衝下來，一手一個把萊特和柯羅抓了起來，再往上衝去。

沒想到，黑影卻意外撞進了隱藏在黑暗中的一面大蜘蛛網上。

萊特和柯羅因為衝擊的力道被甩開來，撞到網上，他們就像掉到了救生網上一樣，只是這面救生網異常的黏膩。萊特和柯羅兩個人貼在蜘蛛往上，動彈不得，只能隨著蜘蛛網劇烈搖晃。

而橫亙在他們之間的則是張開了翅膀和羽毛的蝕。

蝕像隻被蜘蛛網捕捉到的小鳥，只是牠看起來並不驚慌，而是雙手環胸，好整以暇地仰頭看著上方。

幽威同樣掉到了蜘蛛網上，但牠似乎能用牠的能力讓蜘蛛網變成柔順的絲網，牠靈活地在蜘蛛網上爬行著，並且逐步逼近他們。

「我要把你變成烏鴉標本，兄弟。」幽威爬向了蝕。

「那你必須替我插上色彩繽紛的美麗羽毛吶！兄弟，但你看起來只有一堆醜陋又充滿粗糙的狒狒毛髮而已，我是不會接受的。」蝕哈哈大笑著，幾乎是被黏在牠身邊的萊特還可以感覺到牠笑聲傳來的震動。

「爬起來！蝕，我要你一口吃了他！」被黏在另一側的柯羅吼著。

「嗯……可是我現在不太想吃牠了呢。」面對逼近的幽威，蝕依然毫無所動，牠盯著上方又笑了起來，「反正有人要吃掉牠了。」

「什麼？」

不顧柯羅的質問，蝕用牠新長出的手和手指點了點萊特的肩膀。萊特抬頭，只見蝕笑瞇了眼，一臉打趣地指著上頭，似乎是想讓他看什麼新奇有趣的事。

萊特看向上方，幽威正以一種奇特的姿勢爬行逼近，似乎打定了主意要把他們變成標本之類的，然而牠卻沒注意到黑暗之中，有個更巨大的東西正匍匐在牠上方。

黑暗裡，有著細長八足的巨大蜘蛛爬了出來，牠和萊特他們之前看到的任何蜘蛛都長得不一樣，牠身上長著鮮豔而花俏的紋路，纖細的體腔和豐滿而圓潤的後腹。

巨大的蜘蛛在幽威爬向蝕之前，先一步吐出了蜘蛛絲射向幽威，並且在牠能夠反應之前將牠全身用蜘蛛絲包裹起來，纏成一圈。

巨大的蜘蛛一邊吐著絲將幽威包裹起來，將牠不斷地壓扁捏小，一邊將牠往嘴裡送。

在幽威痛苦的呻吟聲中，鮮豔的蜘蛛一口接著一口，將幽威吞了下肚。

一口氣吞下了巨大的使魔之後，蜘蛛清理著牠的嘴部，一臉吃飽喝足的模樣，這才慵慵懶懶地轉身看向他們。

蜘蛛有著好幾隻黑溜溜的眼睛，眼睛上還有長長的睫毛。牠看著蝕，隨後爬向了他們。

使魔之後換成蜘蛛要一口吞掉他們了嗎？大蜘蛛看得萊特心驚肉跳，但牠沒有如他所想的跑來一口氣吞掉他們，而是在蝕的上方停了下來。

「亞拉克妮。」蝕說，牠似乎知道蜘蛛的名字。

「蝕，好久不見。」蜘蛛說話了，牠的聲音像一位嫵媚的女士。

「好久不見，妳的胃口還是這麼的好，連這種東西也吃。」蝕笑道。

「少胡說八道了，我只是替父親暫時保管這個噁心的傢伙，待會兒我就會把牠吐出來了。」亞拉克妮說著，牠用牠的細足整理著嘴部，一顆女人的頭竟然漸漸從牠嘴裡冒了出來。

女人有頭美麗的淺紫色長髮，一張尖細的瓜子臉，臉上的兩顆眼珠又大又黑，眼睫毛又長又濃密，十分美艷。

女人的身體不斷浮現，蜘蛛的身體則逐漸褪去——亞拉克妮露出了她的真面目。

披著淺紫長髮的女性軀體近乎全裸，牠身上只有一層薄薄的網，幾乎沒遮到半點東西。

亞拉妮克走在細細的蜘蛛網上，俐落而優雅，牠走到蝕的上方，忽然間趴了下來，蜘蛛網像彈簧床似地彈了兩下。

「難得你會落入我的網中。」亞拉妮克就像開睡衣派對的女孩一樣，牠的態度輕鬆自然，還用手指往蝕的鼻尖上一點，「是不是最近小傢伙給你吃得不夠營養，所以力氣不夠了呢？」

亞拉妮克用雙手撐著臉，牠看向柯羅。

「當然不是了，亞拉妮克。妳明明知道只要我想，我可以像破壞伏蘿那傢伙一樣破壞這一切。」蝕說裝出一副乖寶寶的模樣，「我只是不想在妳家搗亂。」

「嘴真甜，聽說你差點把那傢伙撕裂成肉沫了？」

「妳知道的，我忍不住，那傢伙一直是兄弟姐妹裡最討厭的那個……」

「是嗎？我以為海德拉才是最討厭的那個……」

「不要再聊天了！你們這兩個笨蛋使魔！蝕，我的命令是讓你吃了幽威，不是讓你在這裡跟亞拉妮克敘舊，你最好給我用力搗亂，讓牠現在就把幽威吐……」柯羅話才說到一半，亞拉妮克忽然露出了牠身為蜘蛛的那一面，以極快的速度爬到了柯羅身上。

亞拉妮克對著柯羅張開大嘴，露出了蜘蛛的觸肢，一團蜘蛛網被吐了出來，直接封住柯羅的臉和嘴，只露出他的鼻子讓他呼吸。

柯羅在蜘蛛網中無聲呼喊。

「你的小朋友太吵了，我還是比較懷念你從前的母親，為什麼你的母親會把你讓給他呢？」亞拉妮克抬起頭來，微笑著舔拭掉嘴邊的蜘蛛絲。

「這是個祕密。」蝕笑道。

亞拉妮克似乎不在意，因為牠注意到了黏在蝕旁邊的萊特。

「這又是什麼？」亞拉妮克爬到萊特身上，並且盤據在他上方。

萊特看見亞拉妮克對他笑露了一排尖牙，黑漆漆的眼珠盯著他，眨也不眨。

「這個？這個是我的新朋友。」蝕說。

「不，我們也不是這麼熟吧？」萊特就是忍不住嘴一下。

「一個教士為什麼會在這裡？我沒有邀他進房間。」亞拉妮克伸手摸著萊特的金髮和臉，牠手上帶著刺刺的絨毛，萊特起了雞皮疙瘩。

「因為他是個很沒禮貌的教士，我每次都沒邀請他進房間，他每次都會闖進來。」

「真是新奇，我們是不是該剖開他的肚子看看裡頭有什麼？」

「不行，這次小傢伙的主要要求是要我保護金髮教士。」蝕伸手蓋住了萊特的腹部。

亞拉妮克瞇著眼，牠似乎很想剖開萊特的肚子看看。

「好啦！敘舊結束，妳要不要說說看妳想要什麼？亞拉妮克。」蝕問。

「不是我想要什麼，是我父親。」亞拉妮克說。

「他想要什麼？」蝕的眼神冷了下來。

「他想要單獨和你談談，只有你，不包括小傢伙和沒禮貌。」

萊特多了一個綽號叫沒禮貌。

蝕雙手環胸，牠挑眉，「為什麼我要和他談呢？這對我有任何好處嗎？」

亞拉妮克笑道：「看在我的面子上，和我的父親談談，我們就不用互相撕開對方的身體。」

蝕凝視著亞拉妮克，牠考慮了半晌，最後說：「我們換個地方，到我的房間裡談。」

蝕伸手一抹，布滿蜘蛛網的空間開始被另一種黑暗吞沒，被蜘蛛網綁起來的柯羅則沒入了黑暗之中不見蹤影。

蝕和萊特身後的蜘蛛網逐漸消失不見，連同亞拉妮克，他們在那一瞬間開始往下墜落。

萊特被蝕拽著，他們一路往下掉落到一片平地上，當蝕站定位後，萊特發現他們回到了原先的森林之中，只是周遭陰暗的像夕陽落下之後。

樹林之中有幾個黑影吊在那裏，不停抖動著。

「沒禮貌還在，你能排除柯羅，卻不能排除他嗎？」亞拉妮克指著萊特說。

「這真的不是我能決定的，我說過他很沒禮貌。」蝕拎著萊特。

「我們真的該找一天把他剖開看看。」

「也許下次吧。」

兩位使魔一來一往地說著，彷彿萊特不在場似的，而這時一個嬌小的身影從亞拉妮克的身後走了出來。

「終於又見到你了，蝕。」年幼稚嫩的絲蘭從亞拉妮克的影子裡走出。

「絲蘭！」萊特看著終於現身的男巫。

絲蘭瞥了萊特一眼，似乎也好奇他為什麼在場，但此時他對於蝕有著更大的興趣。

「男巫，說！你動用了亞拉妮克，丟出了餌想引我現身，究竟有什麼意圖？」蝕烏黑的羽毛微微聳起，牠盯著絲蘭，語氣裡有好奇心也有敵意。

餌？萊特一愣，直到這時他才明白絲蘭真正的意思。絲蘭確實是把他當成餌在使用沒錯，但從頭到尾都不是用來引誘幽威上鉤，而是用來引誘蝕。絲蘭知道如果他遇到危險，柯羅會想辦法召喚蝕來救他。

他們竟然就這樣傻傻地上了當！

「我有個很好的提議想要給你參考。」絲蘭雙手揹在身後，對眼前的使魔毫無懼意。亞拉妮克在他身後匍伏著，黑溜溜的眼珠直盯著萊特看。

「提議？」蝕從容地將爪子放在萊特頭上，牠尖銳的指甲帶來了些許刺痛，但萊特就像被挾持的人質，直覺告訴他現在亂動不會有好下場，「好啊，你說說看，你有什麼提議？」

「你的宿主柯羅一直是目前巫族裡最弱小的一位男巫，他比不上他的母親、兄長與妹妹，然而他腹部裡的你卻是使魔裡最強大又最殘酷的一位……」

「我不否認這點。」蝕嘻嘻笑著。

「讓那麼強大的你待在幼弱的柯羅體內，你不認為太過可惜了嗎？他甚至無法好好善用你的力量來增強巫力。」

「這點我也不否認。」蝕說。

「所以我想提議你……離開柯羅這個宿主，進入我的體內，成為我的使魔，我們在一起可以變得更強大。」絲蘭微笑，對蝕提出了邀約。

萊特曾經多次察覺到絲蘭對於柯羅抱持的奇怪執著，一直以來他都不明白確切原因是什麼，今天他終於知道了——絲蘭在覬覦蝕。

「你想讓我進去你的肚子裡？那亞拉妮克呢？你打算丟棄牠嗎？」蝕低聲問道。

「不，我們將會共享父親，我願意將父親和我的空間分一半給你，我知道我們會是很好的室友。」亞拉妮克笑道。

「看，亞拉妮克不會介意的。」絲蘭說。

蝕眯起眼，沉吟了聲，有一瞬間甚至讓萊特覺得牠是認真地在考慮離開柯羅。萊特不知道這件事是好是壞。

「這是個很有趣的提議。」蝕用食指輕輕點著牠尖尖的下巴，「但是在我做出任何的承諾前，有件事我必須先知道……」

「什麼事？」絲蘭問。

「你能給予亞拉妮克的美酒佳餚是什麼？你的『代價』是什麼？」

「窺探別人的食癖是項不好的行為，蝕。」亞拉妮克從後方抱住了牠的父親，看起來似乎不太高興。

「妳父親提出的邀請，難道不該先盡到責任滿足我的好奇心嗎？我必須了解他能提供給我什麼。」

「別得寸進……」

「好了，亞拉妮克。」絲蘭制止了對蝕露出猙獰面貌的亞拉妮克，他將手輕輕放在牠手上，然後看向蝕，「如果你想看，我會讓你看的，只要你願意考慮成為我的使魔。」

「先呈現你最豐盛的美食給我看吧？男巫。」蝕笑咧了嘴，牠捉著萊特，將他藏進身後，「記住，最豐盛的。」

「父親，您確定嗎？」亞拉妮克匍匐於絲蘭腳邊，牠抬頭仰望著牠的男巫。

「對，我很確定。」絲蘭點點頭，他撫摸著亞拉妮克的臉，「妳可以盡情享用妳的美酒和佳餚，讓我們的貴客看看我能提供給牠什麼。」

亞拉妮克點了點頭，牠握緊父親的手後，披在牠身上的網在瞬間散落開來，並且往外延伸，覆蓋住整個空間。

蜘蛛的頭再度從女人嘴裡爬出，女人的外皮則逐漸褪去。

那隻從女人嘴裡爬出的巨大蜘蛛不斷吐著絲，幾乎就要淹沒了蝕的房間。

「抓緊，別被蜘蛛絲悶死了。」蝕低聲警告著，牠將萊特護在牠既像披風又像翅膀的黑色羽毛間。

萊特藏在其後，直到他們被裹進蜘蛛網淹沒為止……

CHAPTER 9

提議

外界的聲音從一片寂靜到嘈雜，似乎有人正在進行嚴厲的訊問。

萊特不知道在蝕的羽翼之下待了多久，他看到光線慢慢從外頭透了進來，便試圖撥開蝕的羽毛偷看，蝕則是乾脆將他拎了出來。

「果真無法排除你。」蝕將萊特拎到面前，哼地笑了聲，接著把人甩到身旁的石椅上坐著。

萊特才剛坐定位，蝕立刻跟著縮小了身形，將自己變成和萊特差不多的大小。

「好吧，小柯羅珍貴的獨角獸，就讓我們來看場好戲。」蝕對著萊特勾肩搭背，雙腳則是高調地抬在他們前方的石桌上。

萊特不自在地環顧四周，他們身處在一座圓形的會議廳中，周圍景物相當模糊，唯一清晰可見的只有他們所在的前排座位及中央的圓形場地。

他們身旁都是空位，燈光也十分陰暗，唯一有光線的地方也都集中在正中央。萊特覺得他們像在看一場舞臺劇，而正在舞臺上賣力出演的演員是——

「那是……絲蘭嗎？」萊特忍不住靠近查看。

樣貌年輕、還留著一頭短紫髮的絲蘭站在中央，他正一臉嚴厲地訊問著眼前的人：「說！對方到底是誰？」

站在絲蘭面前的則是一位被綁在座椅上的女人，女人有著一頭美麗的金色波浪捲長髮，在光線上散發著亮晶晶的特別光澤，只是現在上頭沾染了乾涸的血跡。

萊特瞇起眼想看清楚女人的臉孔，卻發現女人的臉孔模糊成一團，像是扭曲的空洞。

「快說，對方是哪個教士？還有孩子在哪裡？」年輕的絲蘭語氣嚴厲地審問著被綁在座椅上的女人，他的蜘蛛們不斷從女人的腳下往她身上爬。

女人發出了痛苦的哀鳴，但依舊沒有招供任何的話。

「拜託妳，不要抵抗了，妳老實招供，我會請教廷從輕發落的！」另一名女人出現在現場，她有著一頭像瀑布般的黑色長髮，美艷的臉孔。

萊特很快地認出來對方是誰，那是柯羅的母親——前任大女巫達莉亞。

「我們是在……絲蘭過去的回憶裡？」萊特後知後覺的察覺到這件事，使魔們的食物似乎都與男巫們過去的回憶有關，蝕是這樣，柴郡也是如此。

「對，而且是重要的回憶。」蝕回話，他很有興致地看著眼前發生的事。

萊特不確定他們現在到底在絲蘭的哪段回憶裡，但眼前正在進行的事情看起來就像是一場小型的——異端審判庭？

「算我求妳了，妳必須說出實話！不然妳會繼續受苦下去，蜘蛛們將會繼續蠶食妳的血肉。」絲蘭繼續警告著，萊特在他臉上看到了罕見的不忍與憐憫之意，但蜘蛛們仍然依照著男巫的指令，在女巫身上竄動。

這確實是一場很小的異端審判庭沒錯，被審問的女巫、審問者絲蘭、大女巫達莉亞以及一位應該要在場監督的大主教——

「哈洛！告訴她，你會想辦法請教廷赦免她，只要她供出那名教士是誰，孩子在哪裡，她就有辦法獲得罪刑輕判。」達莉亞對著身後的人喊道。

一個人影慢慢露了出來，那人穿著一身印有金色獅頭圖徽的白色教士袍，他的身形偉岸，一頭金髮混雜著些許白色。

男人一臉嚴肅，他臉上都是歲月的痕跡，但不掩他的英氣。

萊特看著那位年邁的教士，一股熟悉感瞬間湧了上來，只是在他的印象裡，對方那張臉從未露出過如此嚴肅的神情——那是他的祖父，哈洛蕭伍德。

「我發誓我會想辦法讓妳逃離死罪，但妳必須告訴我們那個教士的名字，還有孩子在哪裡。」萊特看著自己的祖父加入了達莉亞勸說的行列，他單膝跪在女巫面前，並喊出了她的名字，「丹德莉恩！」

「不！你沒有辦法。哈洛，接下來的幾年你將會失勢，教廷將不再聽令於你。」名叫丹德莉恩的女巫預言著，她的臉扭曲而空洞，萊特看不見她此刻的表情，卻可以從她聲音裡聽出悲憤與哀傷，「你救不了我，也沒有辦法幫助我脫離死罪……」

「妳還有我們啊！」達莉亞說。

「達莉亞，我很抱歉，但我必須告訴妳，妳和絲蘭是真正無法幫助我的人。」女巫接著又預言，「聽好了，達莉亞，未來妳將逐步邁入瘋狂，最後招致災禍；絲蘭則是將孤獨終老，日漸衰弱，你們都將因為自身的問題而無暇分神於我……我只會變成你們的累贅，最後一起邁向滅亡。」

「先別管我們的未來，丹德莉恩。如果妳不願意說出事實真相的話，妳很有可能會現在就會死於審問之下！」絲蘭的情緒激動起來，「拜託妳告訴我們實情，讓我們一起替妳想辦法！」

眼前的這場審問讓萊特看得入神，蝕卻一臉無趣地打了個大呵欠，牠抬頭看著匍匐於最上方的黑影，等待著這場秀的高潮發生。

「只要協約還有效用，你們就不能幫上任何忙，我不能把我們全部拖下水，至於死亡……」女巫在極度的痛苦下仍發出了笑聲，「我早有心理準備，我替自己施了巫術，為了我們所有人的好，我將不會活過這場審判。」

「丹德莉恩！妳到底都做了什麼蠢事？」絲蘭讓蜘蛛們全部退下，但女巫的身體卻依然顫抖不已，皮膚逐漸蒼白並冒出青筋。

「妳對自己下了什麼巫術！快說，讓我把它解開！或者我現在馬上就去找來蘿絲瑪麗來……」

「不，達莉亞，妳來不及救我的，別自責，這整件事都跟妳無關。」女巫打斷了焦急的達莉亞和絲蘭，她像在交代最後的遺言，「妳和絲蘭將要面對更艱辛的未來，我只希望你們能顧好你們自己。」

女巫最後用她扭曲空洞的臉面向了萊特的祖父。

「至於你，哈洛，靠過來……」

哈洛蕭伍德靠上前，湊向女巫。

「你必須幫助他們，還有你自己。」女巫告訴他。

「丹德莉恩……」

「我必須告訴你一件事。」女巫說，她湊向哈洛，將剩下的話藏在她和教士之間。

萊特湊近，打算靠近他們以聽清楚女巫究竟和祖父都說了些什麼。但他才剛起身，女巫和祖父便結束了對話。

接著在一陣淒厲的哀嚎之中，鮮血從女巫臉上流下，沾染了她一身全白的棉衣，連同她那頭燦爛柔美的金髮都像吸飽了血水似的，逐漸被染成暗紅色。

女巫在一陣劇烈的抖動後癱軟在椅子上，不再有任何生息。

絲蘭沉默地站在原地不動，達莉亞掩面痛哭起來，萊特的祖父則是面無表情地站起身。

這時匍匐於他們上方，蝕一直關注著的巨大黑影也有了動靜，牠從天花板上，一路爬到了哈洛蕭伍德身後。

萊特也終於注意到了一直有東西匍匐於暗處。

「她對你說了什麼？」滿臉淚水的達莉亞抬起頭來看向哈洛，她完全沒注意到逐漸現身於哈洛身後的巨大狼蛛。

「小心！」萊特忍不住站起來大喊，但根本沒人注意到他的存在。

「蠢蛋，你在跟過去的回憶喊什麼話？別白費力氣，好好看著……」蝕一把將萊特拉回了位置上。

眼前，當哈洛注視著達莉亞和絲蘭時，他身後的巨大狼蛛也在注視著他。

哈洛搖了搖頭，他說：「她說她不會告訴我們教士是誰，還有為了不讓孩子最後落入教廷手上，她已經親手殺死了——」

正當哈洛開口告訴達莉亞和絲蘭所謂的真相時，萊特他們眼前的畫面卻忽然靜止了，那隻匍匐在哈洛身後的巨大狼蛛——亞拉妮克爬到了哈洛身上，從牠的嘴內，人形的亞拉妮克再度浮現，並且如同親吻般將臉湊到了哈洛臉上。

一種咀嚼囓咬的聲音喀擦喀擦的傳來，萊特幾乎以為哈洛的頭會整個被亞拉妮克啃下。

半响之後，亞拉妮克終於退了開來，人形的亞拉妮克再度縮回那隻巨大的狼蛛體內，狼蛛也爬下了哈洛的身體，回歸於黑暗中。

至於哈洛蕭武德，教士依然直挺挺站在原處，只是他此刻的臉看上去就和癱坐在椅子上死亡的女巫一樣，像個扭曲的黑洞。

哈洛蕭伍德的樣貌被亞拉妮克吃掉了。

萊特困惑，回憶畫面則是繼續進行，達莉亞哭喊著撲到了已經沒有臉的哈洛蕭伍德身上，拉扯著他的教士袍說他騙人。

絲蘭則是走到已逝去的女巫身邊，單膝跪下，握住了女巫的冰冷的手……

「我很抱歉。」

回憶停留在絲蘭的道歉上，畫面變得一片扭曲糾結，最後整個畫面像一塊布似地被一股力量抽走。

萊特和蝕頓時沒了支撐，再度沒入黑暗裡，直到蝕手指一動，把自己和萊特固定於黑暗中。

那個扭曲的回憶畫面被捲起，然後像條絲線一般地被狼蛛亞拉妮克慢慢收入口中。

「你看到你想要的東西了嗎？蝕。」絲蘭再度從亞拉妮克身後走了出來，此刻的他幻化成了真正年齡的他，那位長紫髮的年長紳士。

絲蘭摸著亞拉妮克毛茸茸的蜘蛛臉，他的臉和身體模糊地變動著，一下子化為擔任審問者時的年輕絲蘭，一下子又化成幼童絲蘭。

「抱歉，亞拉妮克剛進食完後總是會這樣。」絲蘭看著自己變大又變小的手，顯然不是第一次遇到這種狀況了。

蝕挑眉沉吟著，時間久到萊特都不自在了起來。如果柯羅在場，不知道會有什麼反應？是慶幸蝕有打算想離開？還是憤怒蝕有被奪走的可能？

「所以亞拉妮克所進食的，是你記憶中的人臉？」終於，蝕說話了。

「正確來說，是我的資訊。」絲蘭說，「亞拉妮克吃掉了對我來說最重要的資訊，當她吃掉我記憶中裡的某個人的臉，我將再也記不得、也看不見那個人的樣貌。」

「但你依舊知道所有的事，認識所有的人，為什麼？」萊特忍不住插嘴。

絲蘭瞪了萊特一眼，彷彿他是他們之間最不該插話的人，但蝕在一旁抱著胸，也饒有興致的模樣。

「回答他，我也想知道。」

見狀，絲蘭嘆息了聲，回答道：「是我的蜘蛛們。我的蜘蛛們會替我記住每個人的長相，當我不認得這個人時，牠們會在我旁邊耳語，告訴我這個人的資訊。」

因為蜘蛛們，世人將永遠不知道絲蘭有這麼嚴重的缺陷，當他的資訊和記憶逐漸被亞拉妮克吞食，他依然能像往常一樣通曉所有資訊，只要蜘蛛們永遠對他忠誠。

「聰明的辦法，那你現在已經忘記多少人的模樣了呢？」

「數以百計對我來說曾經很重要的人，但我現在連在肖像畫裡都看不見那些人的臉。」

「喔……聽起來真是哀傷，你犧牲太大了。」蝕裝模作樣地按著胸口。

和蝕有過幾次會面和接觸，萊特熟知當牠表現出這副模樣時，通常只是想捉弄人而已。

然而絲蘭似乎還沒察覺到這點。

「聽著，蝕，你已經看到你所想看的，我所能提供給使魔的，都是我最珍貴的資訊和記憶。」絲蘭再度向蝕提出了邀約，「如果你願意成為我的使魔，進入我的腹部，我將提供你所想要的……」

「抱歉，但你提供不了我想要的東西。」蝕果斷地回絕了絲蘭的邀請。

「什麼？」

「蝕，我們說好的不是這樣！父親已經給你你想要的東西了……」人形的亞拉妮克再度冒出，牠氣憤地瞪著蝕。

「亞拉妮克，聽著，我們確實會是很好的室友，但是……妳父親可不是堂堂的大女巫，這世上只有大女巫的軀體能輕鬆容納兩位以上的使魔入住。」蝕說，「男巫的腹部不如女巫的溫暖，也不如女巫的舒適，就算是一位使魔，對他們來說也已經是相當極限的事了，更何況他是一具經過摧殘的身體了。」

蝕滿不在乎地玩著指甲。

「妳要我放棄柯羅這具年輕又寬敞的巢穴，搬到一具破舊的老巢穴跟妳擠在一個房間裡？請問我究竟為什麼要折磨自己呢？」

「蝕！父親已經給你看過了他最重要的記憶，你知道他可以提供我們最豐美的食物……」

「不，亞拉妮克，這妳就錯了。對妳來說或許那些東西是最甜美的食物，但對我來說可不是，絲蘭所擁有的，只是一堆食之無味的記憶。」蝕說。

「你想要什麼？我可以提供給你！」絲蘭不屈不撓地問著。

「你的靈魂太老太舊，你不再有特別新奇的體驗，柯羅所能提供給我的，是你所不能提供的甜美經歷。」蝕露出了一種讓人毛骨悚然的微笑，萊特看到牠看了自己一眼，「他甚至一直在培養更多的精神食糧給我，我正在等待摘取著日後成熟的鮮甜果實，根本不可能去食用已經腐敗的酸果。」

「聽我說，我會想辦法……」

「別白費力氣了，男巫，我不可能成為你的使魔。」蝕打斷了絲蘭，布滿周遭的黑暗逐漸消褪，「達莉亞當初的安排我十分滿意，柯羅或許不是最好的男巫，卻是最好的宿主。」

「留著！讓我們再談談……」

「呃，不，抱歉，但這遊戲我膩了……小老頭，現在我要回到我舒適的巢穴之中，別阻攔我，不然我會連你和亞拉妮克都一起吞下肚！」蝕低聲警告著，牠的聲音讓整個空間都微微震動著，那股侵略性極強的氣勢讓絲蘭和亞拉妮克一時之間不敢輕舉妄動。

蝕滿意地微笑著，看向萊特，丟下一句意義不明的話：「有時候餓一點再來用餐味道會更鮮美。」

「蝕……」

「記得幫我和小柯羅打聲招呼，這次算我免費幫忙。還有，為了防止他大吵大鬧，我會先讓他好好睡上一覺，別謝我了。」蝕對萊特眨了個眼後，將牠的影子收起，整片黑暗被牠一同帶走，收進了柯羅的腹部內。

蝕說離開就離開，絲毫不給絲蘭面子。

當黑影被帶走，已經升起的太陽又重新照亮了他們所在的地方。

萊特他們重新回到了原先的森林中，被隱藏起來的柯羅出現了，他躺在冰冷的雪地上陷入熟睡，西裝和襯衫敞開著，腹部上的口紅已經糊開。

「父親……」亞拉妮克站在臉色極為難看的絲蘭身邊，試圖說些什麼安慰牠的父親。

「別說了！亞拉妮克。」絲蘭吼了聲，他的身形從年長紳士再度變回幼童。

萊特看著絲蘭，對方緊緊握著拳頭，他的身形隨著他的情緒起伏不斷地變大變小，看來他真的是被蝕戲弄得很徹底。

萊特不敢說話，直到幾隻蜘蛛從樹林外爬來，一路攀爬上絲蘭的肩膀並且悄悄對他耳語了些什麼，盛怒中的絲蘭才終於穩下他的氣息。

似乎是意識到了自己的失控，半晌後，絲蘭咳了兩聲，整理好身上西裝，並走向正在幫柯羅把衣服穿好的萊特。

「教士，把那東西從你口袋裡拿出來。」絲蘭冷著臉說。

口袋？萊特困惑地伸手往口袋裡一撈，口袋裡的是他先前從行李箱中先撈起來的聚魔盒，也是唯一一項沒有被幽威破壞的物品。

萊特拿出了聚魔盒，被絲蘭一把搶走。

絲蘭走回亞拉妮克身邊，他輕輕鬆鬆地將聚魔盒解開後丟到了地上。原本一手可以盈握的聚魔和瞬間變成了足以容納一個成人的巨大銅盒。

「亞拉妮克。」絲蘭喊道。

收到了指令的亞拉妮克點點頭，一個巨大的腫塊從牠原本纖瘦的腹部隆起，一路膨脹到胸口及頸子處。伴隨著蜘蛛絲和些許嗆酸的液體，那個被亞拉妮克吞下去的幽威再度被牠吐了出來，直接吐進了聚魔盒內。

「我將擁有新的母親了嗎？」在聚魔盒被絲蘭關上前，萊特聽到孱弱的幽威說了這麼一句話。

在捕獲使魔並且被盒上蓋子後，聚魔盒又縮小成原先一手可以盈握的大小，絲蘭將它撈起，收進自己的西裝口袋中。

絲蘭接著看向了亞拉妮克，「辛苦妳了，亞拉妮克，妳享用了妳的美酒與佳餚，是時候回歸到父親的巢穴裡了。」

亞拉妮克俯下身來，憐憫地摸了摸絲蘭的臉頰，並低頭親吻了他一口。

絲蘭輕拍著亞拉妮克的手掌，使魔則是在男巫慈愛的注視之下，緩慢地爬回了他平坦的腹部內。

周遭景象恢復了原本樣貌，沒有突兀高聳的石壁，也沒有樹林裡詭異的黑影。蜘蛛們開始收拾起原本布滿整個樹林的蜘蛛網，讓白茫茫的樹林恢復成原本的狀態。

「任務到這裡就結束了。」絲蘭說。

「剛剛……」萊特扶起地上的柯羅，他不確定該不該和絲蘭再次提起剛才的事，但他對那一段回憶仍然十分好奇。

有關於丹德莉恩和她的教士及孩子……

然而不等萊特把話說完，絲蘭低聲警告道：「教士，聽好，不准對任何人提起那件事，就算是對柯羅也一樣。」

「就算你利用我釣出蝕，還差點讓我送了小命，我也不被允許談論這件事？」萊特忍不住頂嘴回去。

「對。」絲蘭冷冷地說，「除非你想要再節外生枝，引發我和柯羅更大的衝突。」

萊特和絲蘭沉默地對峙著，最後萊特選擇點了點頭。

「好吧，我可以答應你，但你欠我一個人情。」

「教士！」

面對獅派教士的討價還價，絲蘭氣得差點說不出話。

「如果之後我有事情需要你的幫忙，你必須無條件幫我一次，成交嗎？」

萊特的臉皮厚到像裹了三層水泥，他很自豪。這是他從貓先生那裡學來的一點談判小技巧，誰叫絲蘭先前把他耍得這麼慘。

絲蘭咬牙站在原地，幾乎氣紅了臉。身為一名經歷過風風雨雨的百年男巫，被使魔耍得團團轉就算了，現在連區區一名稚嫩的年輕教士也把他耍著玩！

「或者你也可以不幫我的忙，但我必須跟卡麥兒學姐實話實說，畢竟這是她的案件。」萊特又補充。

「我知道了！」絲蘭氣得幾乎又縮水一個尺寸，但萊特一搬出卡麥兒來，他不得不拉下他的面子，「我答應欠你一個人情，如果日後你遇上困難，你可以向狼蛛男巫提出一項請求，我會幫助你。」

「成交！啊，還有你答應要給柯羅的畫……」萊特伸出手準備和絲蘭握手，卻被絲蘭一掌狠狠拍開。

「別像你祖父一樣得寸進尺了，教士。」絲蘭瞇起眼警告著萊特。

萊特聳聳肩。

「走吧！我們必須去接麥子回來了，蜘蛛們告訴我她的任務已經完成了。」絲蘭轉身，讓自己變回那位長紫髮的紳士，並且維持在這個樣貌不變。

「學姐找到生還者了嗎？」萊特架起柯羅，他看向林地中央那個大面積的圓形血塊，那是在幽威被捕獲，使魔們紛紛收回自己的幻術後，唯一停留在原地不變的東西。

瑪雅沒有機會生還，那老唐納的孫女呢？

「別傻了，從頭到尾這案件就沒有生還者，從他們自使魔手裡失蹤那刻起就沒有生還機會。」絲蘭冷漠地說著，並用手杖往地板上一敲，雪地上出現了一道傾斜的小門。

「可是……」

「我說過，你們教士都太過天真了。」沒有回頭，絲蘭走進了那道傾斜的小門之中。

萊特架著熟睡的柯羅，替他拍掉了身上堆積的雪，跟著走進那道小門中。在心裡深處，他不願相信絲蘭的話，他依然抱持著某種信念，想像著當他們和卡麥兒學姐會合時，學姐手裡牽著的會是一個有生氣的小女孩。

妳在哭什麼？

我們做錯了什麼？

妳不高興嗎？

妳明明找到了妳要的東西。

蜘蛛們焦慮地不斷排列組合著新的字體，然而背著小女孩異常沉重的軀體在森林中行走的教士還是不停地偷偷擦著眼淚鼻涕。

蜘蛛們並不懂卡麥兒為何哭泣，牠們以為她應該要開心的。

女人心，海底針。幾隻公蜘蛛將卡麥兒的情緒怪罪到這件事上，結果被幾隻母蜘蛛一口吞掉了，於是牠們只好閉上嘴，繼續盡責地帶著路。

卡麥兒並沒有回應蜘蛛的小型紛爭，她堅強地往前走著，直到在看到立在在樹木之中的一道木門。她吸了吸鼻水，把眼淚擦乾，盡量表現得像自己沒有在女孩從她手中斷氣時，哭得稀里嘩啦的一樣。

任務完成，請回到主人身邊。

蜘蛛們在木門上排列組合著文字，而卡麥兒終於說了句：「謝謝。」

不客氣！

蜘蛛們歡喜地跳著，始終沒弄清楚卡麥兒為何哭泣，但一句謝謝已經足夠。逗弄教士開心能讓牠們從主人那裡獲得更多獎賞。

卡麥兒打開木門，她在瞬間從山峰之上來到了山腳下，而絲蘭正拄著手杖站在一棵大樹下等著她。

站在絲蘭身後的是萊特，柯羅則是不知為何被他架在肩上昏睡著。

「學姐！妳帶回了……」

卡麥兒原先想像個專業的教士，冷靜地好好處理完整個案件，然而當她看到萊特一臉開心地看著她，又在看到她背後的軀體沉下臉時，還是忍不住地紅了眼眶和鼻子。

「你們……#%#$%#$%$%#……」她接下來說的話幾乎沒有人聽懂，可能是因為她一開口就哭個不停。

讓萊特意外的是，絲蘭並沒有冷嘲熱諷地對卡麥兒說「看吧我早就說了」，他只是遞了一條手帕給她，並平靜地接受她將鼻水全部擤在手帕上。

「對，我們完成任務了。」在場似乎只有絲蘭是唯一聽得懂卡麥兒的話的人，他從口袋裡掏出了裝著幽威的聚魔盒。

「@#$%@$%@$——」卡麥兒繼續說著只有絲蘭聽得懂的語言。

「不，很遺憾的，瑪雅也沒有存活，我們在追捕幽威時發現了她的屍體。」

卡麥兒眼淚掉得更凶了，萊特有點於心不忍的伸手想去替學姐接過她背上背的女孩屍體，但這次絲蘭還沒出手阻止，卡麥兒自己先出手了。

「不用了，我可以自己背她回去。」卡麥兒擦掉眼淚，她用手帕把鼻水擤完之後還給了絲蘭。

絲蘭嫌惡地捏著手帕，卻沒有多說什麼。

卡麥兒深吸了幾口氣後，身為督導教士的她必須再次確認，「你們追捕使魔的過程都還順利嗎？有沒有發生什麼事？」

萊特和絲蘭互看了一眼，兩人幾乎在同時開口：「沒事，一切都很順利。」

卡麥兒看著兩人，萊特一度以為對方起疑了，但學姐最後只是點了點頭。

「那好，我們回去吧！和大學長做完簡單的報告後，我們還必須通知受害者的家屬們，請他們來認領遺體……你可以跟我一起去替前來的家屬們做祝禱嗎？」卡麥兒問萊特。

「當然沒有問題。」萊特點了點頭。

「好。」卡麥兒轉身，她吸了吸鼻水，小心翼翼地背著身後的女孩向前走著。接下來不能再哭哭啼啼的了，在女孩和瑪雅的家屬面前，他們必須表現得更堅強點，才能真正地給予對方安慰。

「絲蘭先生，麻煩你帶我們回去了。」她說。

絲蘭沒說話，他用手杖在地上一敲，一扇門出現在開始下起細雪的森林中。

CHAPTER 10

開庭通知

圖麗十四年，今天幾號？

哭嚎山峰失蹤事件結案報告——

在我們爬遍整個哭嚎山峰進行調查後，我們把恐怖的東西困在了山峰上。

我們很棒！我們很棒！

使魔叫做幽威，蠢蠢的名字。

牠惹惱了主人，主人讓女神把牠吃掉，又再把牠吐出來。

真好，只要能獲得女神的親吻，我們願意讓女神吃掉，可惜女神不吃我們。

我們還在石壁裡發現了受害者，卡麥兒要的活著的受害者，我們真的很棒，真的很棒——

但為什麼卡麥兒她不開心？

如果她發現我們幫她寫了結案報告，會開心一點嗎……

「啊！誰准你們在我的鍵盤上亂跳了！」卡麥兒進到辦公室時，一群蜘蛛正在她的鍵盤上亂跳。

卡麥兒走過去把不停跳著的蜘蛛們輕輕撥開，她坐到座位上，發現電腦桌面上被開啟了新檔案——哭嚎山峰結案報告。

「我不需要你們幫我寫結案報告啦！」卡麥兒頭疼地扶著額際，雖然她知道蜘蛛們是好意，但動不動就要幫她寫報告，寫出來的東西還不能用，實在令人高興不起來。

卡麥兒一個字一個字地刪掉蜘蛛們寫的東西，直到畫面一片空白為止。她盯著一片空白的畫面，遲遲沒有動手輸入新的東西。

「妳在發什麼呆？」

「啊！」

辦公桌前方忽然出現的聲音嚇得卡麥兒差點從椅子上跳起來，她探出腦袋一看，絲蘭正坐在他的貓腳椅上，一邊喝著熱茶，一邊翻閱著桌上的文件。

男巫總是這樣神出鬼沒，他的辦公桌也是。

「和小蕭伍德結束了祝禱？」絲蘭詢問。

「對，暫時可以喘口氣了。」

卡麥兒趴在桌上，她盯著絲蘭看，絲蘭正在翻閱一些泛黃的老舊文件，蜘蛛們跟在他身邊，像小書僮一樣跟著閱讀，牠們圍繞在其中幾張照片上看個不停。

「你在看什麼？」卡麥兒問。

「沒什麼，一些老新聞。」絲蘭將桌上泛黃的文件蓋上，但還是被卡麥兒瞥見了一點內容。

「為什麼忽然對之前的大主教起了興趣？」

「我想懷舊一下不行嗎？」絲蘭揮揮手讓蜘蛛們把文件收了起來。

「我以為你討厭獅派的教士，尤其是前任的大主教。」卡麥兒捧著臉，困惑地看著絲蘭，「難不成是和萊特合作過一次，讓你開始發現蕭伍德家的好了？」

「不……」

「如果你喜歡的話，我去跟大學長說，以後我們可以多合作，反正我也挺喜歡學弟和柯羅的。話說你有看到之前樹林裡的影子嗎？聽說那是柯羅弄出來的，萊特還說柯羅可以把影子黏在一起，我覺得下次我們可以……」

小仙女教士說個不停，再度完美的體現了絲蘭討厭獅派教士的幾個特質之一——話太多。

絲蘭平靜地聽著卡麥兒說個不停，對方的情緒似乎已經好多了，即便在她所謂的信念被捏個粉碎後，她依然能再次振作起來。

相較之下，在經歷這次被蝕狠狠戲弄的經驗後，絲蘭暫時不想再和萊特和柯羅有所來往。誰能知道下回那個陰險狡詐的使魔會出什麼招，然後狠狠羞辱他呢？

在有下次之前，他必須先做好準備。

「停電的時候柯羅會有多好用啊！你想想看……」卡麥兒的話題已經不知道說到哪裡了。

絲蘭讓小仙女繼續說著，他輕輕撫著自己的腹部。這次唯一值得慶幸的是，亞拉妮克是他擁有過的使魔裡最聰明的。

亞拉妮克並沒有真的將她最豐美的食物端上檯面，哈洛蕭伍德固然是他回憶裡很重要的一環，卻不是現在最珍貴的……

絲蘭仔細地凝視卡麥兒，直到兩隻不速之客爬進了他的辦公室為止。

兩隻銅蛇不知道從哪裡找到漏洞，鑽進了狼蛛男巫的辦公室內。它們銜著精緻的信封，信封上還用印有鷹頭的蠟印封著。

蜘蛛們像抵禦外敵的士兵們紛紛衝了上去，對著銅蛇又踢又咬，但銅蛇並沒有任何反應，牠們緩慢而優雅地爬上了兩人的桌面。

銅蛇分別在絲蘭和卡麥兒的桌面上停下，靜止不動，原本像活物一樣地爬行著的它們在瞬間變成了像雕像一樣的裝飾品。

卡麥兒一臉戒備地盯著那隻銅蛇，心驚肉跳。她本來以為好不容易終結了一個案件可以喘口氣的，現在看來這口氣喘得也太短了。

「這該不會是大學長派來催促我交出結案報告的信使吧？他為什麼不自己傳訊息來就好？他是想威脅我嗎？」

卡麥兒小心翼翼地將信封從銅蛇的嘴中抽下，戰戰兢兢地打開了寫著她名字的信封。

「我想那應該不是催促的信件——」絲蘭看著眼前的銅蛇，沒有要取信的意思，他自顧自地喝起了熱茶。

絲蘭已經知道了信封內容會是什麼。

柯羅被自己辦公室的鐘聲給驚醒。

頭頂上的大鐘不斷發出轟隆隆的聲響，柯羅看著不斷搖晃的大鐘，從沙發上坐起，身上蓋著的披風滑了下來。那是萊特的披風。

柯羅拎著萊特的披風，他不知道那傢伙到底動了什麼手腳，但他的衣服聞起來總是香噴噴的，而且最近連自己的衣服也開始聞起來和他一樣。

柯羅搖搖腦袋，將萊特的披風丟在一邊，站起身，影子被從鐘塔外頭照入的夕陽光芒拉得長長的，在空蕩蕩的辦公室裡顯得有點孤單。

柯羅隨手在鐘塔塔頂點亮了燈光，從前他並不介意他的辦公室一片漆黑，冷清又毫無人跡，但現在他卻覺得辦公室裡亮一點比較好。

這可能也必須怪罪在老是嚷嚷著空間亮一點比較有精神的萊特身上。

柯羅左右張望著，萊特不知道跑哪裡去了，而他辦公桌上放著一張紙條、一幅小幅的肖像畫、一份簡單的三明治和牛奶，紙條上頭寫著：

案件順利處理完畢，絲蘭也依約把畫給我們了！

我會先陪學姐去祝禱，如果你醒來的話別亂跑，先吃點東西，多喝點牛奶，這樣才會長得又高又壯喔！

其他事情等我下午回來再說！

你最愛的萊特小親親 :)

「萊什麼特小什麼親親啊？」柯羅的額際和頸子都冒出了青筋，他將紙條捏爛在手心裡，卻也沒將它丟進垃圾桶，而是隨手塞到了抽屜裡。

接著他看向桌上那幅畫。

畫像裡，達莉亞穿著全身黑色的漂亮洋裝，優雅地站在那裡微笑。這幅畫並不是他們當初打算偷走的那幅，卻是一幅被保存得相當完善的肖像畫。

柯羅盯著那幅畫半晌，最後卻將達莉亞的肖像畫翻面，蓋了起來。

沉默半晌後，緊接著是柯羅肚子咕嚕咕嚕的聲音響起。柯羅一個人站在辦公桌前，嘴嘟得老高，一番掙扎後，他還是妥協地吃起了桌上那份萊特準備的三明治和牛奶。

肚子餓吃什麼東西好像都特別香。柯羅一邊把三明治塞了滿嘴，一邊試著回想剛才到底發生了什麼事。

他讓蝕把萊特救下來，絲蘭的亞拉妮克出現了——然後呢？

接下來的記憶就只有一片黑暗而已。

這已經不是第一次了，柯羅在召喚出蝕之後就被排除在外，自己陷入無止

盡的黑暗之中，完全不曉得外界究竟發生了什麼事。等到他再度清醒時，事情卻已經告一個段落了，

蝕沒有折磨自己，讓自己享盡美夢之後再經歷惡夢，也沒有討價還價地做出一些討人厭的要求，而是在完成他的請求之後乖乖地回到了巢穴之內。

這原本應該是件好事的，不用經歷那種恐怖惡夢的折磨，也不用接受心靈上的折磨，但不知道為什麼，這反倒讓柯羅心裡湧出一股很不祥的預感。

使魔達成女巫的要求，女巫滿足使魔的需求，這是亙古不變的道理。那到底是為什麼？是什麼原因讓蝕忽然大發慈悲的停止了進食？

這其中絕對有鬼——

柯羅忽然沒了食欲，他放下解決了一半的三明治和牛奶，獨自站在辦公室裡不動。

「蝕。」這是第一次，柯羅在非必要時刻試圖和自己的使魔對話。

辦公室內靜悄悄的，無人應答。

「蝕？」再一次。

柯羅周遭依然一片安靜，不知道是不是刻意和他唱反調，平常要是他這麼做，依蝕的個性早就開始在他腹內說個沒完沒了，但今天使魔仍然保持著沉默。

柯羅煩燥地扒著頭髮，他望向窗外，此時夕陽已經完全沉沒，外頭的橘光變成一片昏暗。下午已過，萊特卻依舊沒有回到他身邊。

不是說祝禱完就會回來了嗎？那傢伙到底去了哪裡？

柯羅雙手環胸，不耐煩地盯著自己蠢蠢欲動的影子，忽然有了個點子。有個巫術他還在練習，卻沒有真正試驗過，或許……

「喂！影子、影子、影子——」柯羅對著自己的影子說道，他的影子跟著搖曳了三下。

「記得你黏合過的影子嗎？」影子又搖曳了三下，像是在點頭。

「帶我去尋找你黏合過的影子。」柯羅蹲下身，將手放在自己的影子上，並且專注地盯著影子看。

幾分鐘沉默過後，正當柯羅思索著自己的巫術是不是失敗了的同時，他的影子卻忽然膨脹又縮小起來，並且用一種滑稽的姿態搖曳了一圈後，開始自顧自地往門口的方向延伸。

「幹得好！」柯羅起身立刻朝著影子延伸的方向開始前進。

不知道萊特那傢伙看到了這個新巫術會有什麼感想？柯羅心想，他加快腳步跟在影子身後出了門。

萊特陪著卡麥兒替此次案件的受害者家屬祝禱完畢後，立刻就決定先返回辦公室去。雖然放了食物和牛奶在柯羅桌上，他還是不確定用這種賄賂小狗狗的方式賄賂柯羅有沒有用。

忽然就被排除在案件外，對於蝕和絲蘭之間發生的交易毫不知情，一覺醒來還發現所有事情都結束了……萊特可以想見柯羅醒來後會有多焦躁，所以柯羅醒來時他最好在場。

一邊往辦公室走著，萊特一邊絞盡腦汁地想著該怎麼和柯羅解釋他昏睡時發生的一切。

如果說出實情，柯羅八成會立刻大鬧黑萊塔，直接殺去狼蛛男巫的辦公室討個說法；如果不說出實情，萊特又覺得有些良心不安……

他對柯羅隱瞞的小祕密似乎越來越多了，他不確定這樣下去是不是好事，如果哪天這些祕密像多米諾骨牌一樣一一曝光，柯羅有辦法接受嗎？

該坦誠還是不該坦承，萊特陷入兩難的同時，走廊深處卻忽然傳來一聲貓叫。

萊特轉頭，暗處正亮著一雙貓眼。

黑萊塔本來就歡迎貓貓狗狗，有時候更是歡迎蜘蛛、蛇和蟾蜍之類的生物，有貓忽然出現在走廊上並不奇怪。

「貓咪！」暫時拋下了剛剛的煩惱，萊特蹲下來向貓咪招手。

貓咪沒走過來，黑暗裡倒是有更多的貓眼亮起，密密麻麻的，已經從可愛轉變成了驚悚。

「呃，等等……」萊特渾身一震，起身正準備逃走，貓咪們卻全部撲向了他。

萊特被淹沒在貓咪組成的洪流裡，這群貓咪裡的其中幾隻貓咪身型過於「巨大」，他甚至懷疑有些根本不是貓咪的猛獸混在裡面。

萊特一路被貓流沖著走，沖離了他原本要前往的路徑。

被貓咪那充滿爆米花香味的肉球踩上臉的時候萊特心想：自己這是被貓咪綁架了嗎？但是為什麼？背後的首領又是誰？

短短的幾分鐘後，他獲得了解答。

萊特被貓群沖進了狩貓男巫的辦公室內，當最後一隻貓踩過他的臉後，躺在地板上的萊特睜開眼，貓群背後的首領就大咧咧地站在他上方，低頭看著他。

「喂，你跟柯羅都死哪裡去了？」榭汀雙手抱胸，用腳尖踢了踢萊特的肩膀。

「我們和絲蘭還有卡麥兒學姐去處理案件了，剛剛才回來。」萊特從地上爬起，狼狽地吐了團貓毛球出來。

「和絲蘭啊……還平安愉快嗎？」榭汀露出戲謔的笑意，雖然用意不善，但萊特感覺貓先生的心情好像好多了。

是鹿學長的蠍毒有進展了嗎？

「還算平安，不算愉快。」萊特拍掉身上的貓毛，「先不說這些了，找我有事嗎？是不是鹿學長想我了？我可以去見他了嗎？他一定是想我了對吧？畢竟我們從小到大……」

「閉嘴。」榭汀微笑著，但聲音很陰冷，「我找你來不是為了這件事，而是為了那件事。」

貓先生伸手指了指大樹上的天堂。

「威廉嗎？」萊特震驚，「他還在天堂裡？」

榭汀點了點頭，「對，你現在要去把他挖出來。」

「我？但格雷不是在這裡嗎？」萊特探頭，格雷正臭著一張臉站在他們身後。

「試過幾次，天堂都把他吐出來了，他沒有半點用途。」

「那東西沒有把我吐出來，它只是把我擋在外面了！」格雷漲紅雙頰補充著。

那個所謂的天堂根本是歧視鷹派教士的混蛋東西！

「隨便啦。」榭汀敷衍地揮了揮手，再度看向萊特，「總之，你負責埋的，就必須負責把他挖出來。」

「可是……」

「可是什麼？」

萊特和榭汀就在一個不斷委屈地說著「可是」一個不斷冷笑地問著「可是什麼」的狀態下上了天堂。

再次站上天堂，面對那池散發著淡藍螢光和好聞香氣、不斷吸引著人進去裡面暢遊的甘露池，萊特卻不確定自己還想不想再進去一次。

「我上次進去裡面之後，最後吐出了一堆像彩虹一樣的嘔吐物。」萊特終於完整地把理由說出來。

「你這次進去裡面再久一點，看看之後拉出來的會不會也是彩色的。」很可惜貓先生毫不在乎對方的理由，他往萊特背後拍了一把。

「你至少來幫我一下，兩個人拉比較快。」

「不了，謝謝，我不想弄濕皮鞋和衣服，也不想吐彩虹。」

萊特扁了扁嘴，他想念鹿學長在的日子，如果鹿學長在，一定會幫他說話，或至少下去甘露池挖人的可能就不會是自己了。

委屈歸委屈，萊特還是認命地捲起袖子準備走下甘露池，只是這次他學乖了，深吸一口新鮮空氣並憋著之後才游進甘露池裡。

威廉並不難找，淺藍色的甘露池之中，他漂亮的粉紅色長髮漂浮在其中，輕輕搖曳著。原本被埋進甘露與藍土內的威廉淺淺地浮了上來，藍土輕輕沖刷著他象牙白的稚嫩肌膚。

萊特很快地拉住了威廉，並將他從甘露池內緩緩拉出。

榭汀站在岸邊，十分滿意地看著被萊特拉出的威廉。不顧閉氣閉到臉紅的萊特，榭汀走向了被拖上岸的威廉。

威廉躺在岸上，他的髮色不再青綠，肌膚不再布滿腫塊及噁心的膿液，此時的他就像原本的威廉，年輕而貌美。

「太神奇了，這是怎麼做到的？」終於得以喘口氣的萊特挽起威廉的長髮，希望眼前一切不是因為他剛剛不小心吸進了幾口甘露所造成的幻覺。

「甘露是以血餵養、以命灌溉的珍貴植物，它可以修復一切傷痕。」榭汀蹲了下來，從懷裡掏出一片不知名的乾燥紅葉，直接塞進了威廉的嘴唇內。

原本沉睡著的威廉面露難色，一下子皺起他漂亮的臉。

萊特一臉好奇地看著榭汀，榭汀這次不囉嗦，也塞了一片乾燥紅葉進去萊特的嘴裡。

「這是咬人鼠葉，提神醒腦用的藥草，你們不趕快咀嚼的話它會狠狠咬住你們的舌頭喔。」榭汀話音剛落，萊特立刻嘗到了苦果。

那片小小的咬人鼠葉吸在萊特舌頭上，頓時從微微的刺痛變成銳利的疼痛，萊特的舌頭像被一隻老鼠用力咬住似的，他不得不開始咀嚼起那片葉子。

只是這一咬，苦味和辣味一下溢了出來。

在萊特皺著眉眼開始流淚時，威廉醒了，他看著身旁不知為何痛哭流涕的萊特，以及瞇眼笑著的榭汀，他隨口將嘴巴裡的那股苦辣吞了進去。

威廉舉起他的雙手放在空中左右翻看了會兒，接著又急忙撫摸起自己的雙頰。在確認肌膚已經回復到原本細緻而白嫩的模樣後，威廉忍不住流出了淚水。

「沒關係，吞下去之後就會好很多了。」萊特吸著鼻水拍拍威廉的腦袋，他還以為對方是因為苦辣的咬人鼠而哭泣。

「謝謝你。」威廉聲音虛弱地說，不知道是在和誰道謝。

「不客氣。」榭汀就當作是在對自己道謝了，他輕輕按著威廉的額頭，微笑道，「但記得你欠我一次。」

一旁的萊特抹著眼淚，還在為了咬人鼠而哭泣，沒能注意到男巫之間的交易，也沒注意到自己的影子正和其他兩人的影子背離，一路沿伸到另一個方向去。

「神聖的大女巫啊！我發誓你這次再不指引正確的方向給我，我就掐死你！」

柯羅在走廊上對著自己的影子大吼大叫，顯然他的巫術還不夠成熟——幾分鐘前，他的影子帶著他黏合了同一根柱子的影子兩次、放在黑萊塔大廳裝飾用的烏鴉雕像影子三次、白鴉廳裡他母親的畫像影子四次，但怎麼連結，就是沒黏合上萊特的影子。

在第三次繞回同一根柱子時，柯羅爆發了，他扠著腰咒罵他的影子，然而他的影子卻也扠著腰，無聲無息地站在原地。

自己的影子看起來很挑釁，就好像在問他：你打算怎麼掐死我？先掐死你自己嗎？

柯羅氣壞了，在他準備一腳往影子踢上去時，影子卻又開始動了，讓柯羅直接一腳踹到柱子上。

不顧柯羅抱著腳嗷嗷痛呼，影子自己不斷地向前沿伸著，這次的路線和之前不同，它一路往另一個熟悉的方向前進。

柯羅半信半疑地跟上了他那道愚蠢的影子，而這次影子將他領到了狩貓男巫的辦公室前面。

「你該不會又在耍我吧？」柯羅還沒發作完，影子便從門縫溜了進去。

柯羅嘖了兩聲，推開門進入榭汀的辦公室中，他只顧著跟隨自己的影子，卻沒注意到幾隻銅蛇跟在他身後一起偷渡了進來。

「你跑來這裡做什麼？」

柯羅甚至連站在那裡質問他的格雷都沒注意到，他只是專注地看著自己的影子一路長長地延伸，不斷往辦公室中央的那株大樹上爬。

大樹上，另一道影子出現了，和柯羅的影子一樣，它不斷地向下沿伸，一路往大樹下爬。

最後，影子和影子黏合在一起，萊特也抱著威廉從大樹上走了下來。

「萊特！」柯羅喊道。

「柯羅？」萊特看起來有些驚喜，他懷中的威廉則是冷冷地看著柯羅與格雷。

萊特幾乎是跳著小碎步走下來的，柯羅看著他那張蠢臉，原本內心的那股焦躁感稍微平靜了下來。他黏合著萊特的影子退開，在沒人注意到的情況下，他們的影子都恢復成了原本狀態。

「你怎麼找到我的？」萊特笑開了花，情緒有點嗨。

柯羅看著教士臉上沾染到的藍色液體，他皺起眉頭，「你又跑去吸甘露了嗎？」

「沒有吸到太多啦！我這次有閉氣。」萊特像偷吃被逮到的小狗。

柯羅瞪了眼跟在萊特身後下來的榭汀，他大概可以猜想到為什麼萊特會跑來這裡。

「是說，你後面那些一條一條的蛇是怎麼回事？」萊特吸了吸鼻子，他看著柯羅的身後。

「你還說你沒吸到太多！」

「不，柯羅，你後面是真的跟著幾隻蛇。」榭汀打斷了跳腳的柯羅，指著他身後。

柯羅轉頭，竟然真的有六隻銜著信封的銅蛇排排站在他後方，他絲毫沒察覺到。

銅蛇們十分自在地爬行著，並且一路爬行到了每個人面前，最後他們停下，像雕像一樣佇立在他們面前。

一行人看著那些寫著他們姓名的信封，柯羅率先從銅蛇嘴裡抽走了信。

柯羅粗魯地將信封撕開，抽出裡面講究的信紙，上頭只是一份相當簡單的通知書。

通知書上註明著異端裁判庭的開庭日期，相關男巫務必出席的警告，以及一個大大的簽名——勞倫斯克拉瑪。

銅蛇們替男巫及教士們捎來的是異端裁判庭的開庭通知。

——《夜鴉事典05》完

高寶書版集團
gobooks.com.tw

輕世代 FW305

夜鴉事典 05 —縛網之獅—

作　　者　碰碰俺爺
繪　　者　woonak
編　　輯　林思妤
校　　對　任芸慧
美術編輯　彭裕芳
排　　版　彭立瑋

發 行 人　朱凱蕾
出　　版　英屬維京群島商高寶國際有限公司臺灣分公司
　　　　　Global Group Holdings, Ltd.
地　　址　臺北市內湖區洲子街 88 號 3 樓
網　　址　www.gobooks.com.tw
電　　話　(02) 27992788
電　　郵　readers@gobooks.com.tw（讀者服務部）
　　　　　pr@gobooks.com.tw（公關諮詢部）
傳　　真　出版部　(02) 27990909　行銷部 (02) 27993088
郵政劃撥　50404557
戶　　名　三日月書版股份有限公司
發　　行　三日月書版股份有限公司 /Printed in Taiwan
初版日期　2019 年 5 月
三刷日期　2020 年 10 月

國家圖書館出版品預行編目 (CIP) 資料

夜鴉事典 / 碰碰俺爺著 .-- 初版 . -- 臺北市 : 高寶國際 , 2019.05-
　冊 ;　公分 . --

ISBN 978-986-361-672-6(第 5 冊 : 平裝)

857.7　　108005153

三日月書版

三日月書版

GOBOOKS
& SITAK
GROUP©

GOBOOKS
& SITAK
GROUP©